EIN KUSS IST EBEN KEIN KUSS

EMMA SMITH

LUCIA VAUGHAN

Coverfoto: (c) bigstockfoto.com: 203990080
Covergestaltung: Coverdesign Sabrina Dahlenburg
Lektorat: Marie Weißdorn
Korrektorat: Klaudia Szabo

Herausgegeben von:

Emma Smith
c/o AutorenServices.de
Birkenalle 24
36037 Fulda

Lucia Vaughan
c/o Papyrus Autoren-Club
R.O.M. Logicware GmbH
Pettenkoferstr. 16-18
10247 Berlin

ISBN: 9781794339767

KURZBESCHREIBUNG

Lily St. James wollte den Abend nur mit einem überaus fragwürdig riechenden Quinoasalat und einer kitschigen Liebesschnulze verbringen. Am Ende hängen fremde Lippen an ihr, weil der Typ sich im Zimmer geirrt hat. Niemals hätte sie gedacht, eben diesen Kerl zwei Jahre später nicht mehr missen zu wollen.

Shawn Frady ist bekannt dafür, Reißaus zu nehmen, sobald Frauen etwas Ernstes wollen. Nur bei Lily macht er eine Ausnahme. Sie hat Grips, isst ihm die Gurken vom Sandwich und Filmabende mit ihr sind sein Highlight geworden. Er wäre doch ziemlich blöd, diese einzigartige Freundschaft aufs Spiel zu setzen, nur um ein bisschen Spaß im Bett zu haben.

Das Problem an der Sache: er fühlt sich immer stärker zu diesem kleinen Sturkopf hingezogen und Lily ist nicht mal bewusst, wie verrückt sie ihn macht.

Für die Welt bist du irgendjemand, aber für irgendjemand bist du die Welt.

(Erich Fried)

KAPITEL 1

LILY

Sex, Sex, Sex.

Ich starrte an die Decke über meinem Bett und seufzte tief, als eine männliche Stimme und weibliches Gekicher vom Flur durch meine Zimmertür drangen. Es war spät. Während ich in den letzten Stunden für mein Marketing-Studium gelernt hatte, war meine Mitbewohnerin Sarah durch Philadelphias Studentenkneipen gezogen. Vermutlich war sie letztendlich im *Founding Fathers* gelandet. Dort hingen nicht nur Spieler der *La Selle University* gerne ab, es wurden auch schon Spieler der *Philadelphia Phillies* gesehen. Anscheinend gab es in Sarahs derzeitigem Singleleben nichts Wichtigeres, als sich von heißen Sportlern lautstark ins Nirvana befördern zu lassen.

Sarah war neben meiner Mitbewohnerin auch meine Cousine zweiten Grades und meinetwegen konnte sie schlafen, mit wem sie wollte. Würde ihr Zimmer nicht neben meinem liegen und würden mir die eindeutigen Stöhn- und Knurrlaute nicht regelmäßig meinen wohlverdienten Schlaf rauben.

Nein, ich war nicht neidisch oder deshalb genervt.

Okay, vielleicht ein bisschen.

Welche gesunde Frau zwischen Pubertät und Rentenalter wäre denn nicht frustriert, wenn sie bei laufendem Kopfkino statt nach einem talentierten Typen, der ihr auf höchst unanständige Weise das Hirn vernebelte, zum Vibrator greifen musste?

Ich könnte den Fernseher lauter stellen und so tun, als ob nebenan nicht gleich die Post abginge. Stattdessen stand ich auf, um Sarah zu bitten, ihr *Ich-bin-total-verrückt-nach-dir-und-kann-keine-Sekunde-länger-warten*-Vorspiel etwas leiser zu zelebrieren.

Ich riss die Zimmertür auf und folgte den Geräuschen zur Küche. Dort lehnte Sarah mit ihrem wohlgeformten Cheerleaderhintern am Küchentresen und schaufelte Schokoladeneis in sich hinein. Ihr schwarzes Kleid war so kurz, dass sie auch nackt hätte rumlaufen können. Und sie konnte es sich leisten. Sie hatte nicht nur Modelmaße, sie war auch der perfekte Barbieklon mit wallenden blonden Locken, babyblauen Augen und rosa Schmollmund. Ich blieb im Türrahmen stehen, sah mich im hell erleuchteten Raum um und blickte wieder in ihr attraktives Gesicht. Dabei ignorierte ich, dass sie meinen quietschgelben Jumpsuit anstarrte, als wollte sie die kleinen Entchen darauf zählen.

»Wo ist er?« Ich fragte gar nicht erst nach dem Namen, weil Sarah ihn vermutlich ohnehin nicht mehr wusste. Nebenwirkungen der Cocktails, die sie zweifelsohne in Mengen konsumiert hatte. Ihre Augen waren glasig und sie wankte wie ein Fähnchen im Wind. Außerdem würde sie sich nüchtern nie ungefragt an meinem Notfall-Eisvorrat vergreifen.

»Wer?«, nuschelte sie mit vollem Mund.

»Deine heutige Eroberung.«

»Badezimmer. Die *Penn Quakers* haben gegen die *Princeton Tigers* gewonnen. Im *Founding Fathers* gab's eine Megaparty und er …« Sie zeigte mit dem Daumen in Richtung des Bades und wackelte mit den fein gezupften Brauen. »… ist ihr neuer Quarterback.«

Warum wunderte mich das nicht?

Ich verkniff mir ein Augenverdrehen und lief zum Kühlschrank. »Falls deine betrunkene Sportskanone die Kloschüssel verfehlt, ist das dein Job.«

»Hm«, machte sie.

War das eine Zustimmung?

Ich öffnete den Kühlschrank und holte den Quinoasalat heraus. Wenn ich nicht schlafen konnte, konnte ich auch essen.

Sarah leckte den Löffel ab und rümpfte angeekelt die Nase. »Willst du lieber Eis?«

Blöde Frage. Natürlich wollte ich.

Ich starrte die Packung in ihrer Hand an, als wollte sie mich hypnotisieren. Entschlossen riss ich meinem Blick los. »Quinoa ist sehr gesund«, brummte ich mit zusammengebissenen Zähnen.

»Wie du meinst.« Sie schaufelte sich den nächsten vollen Löffel in den Mund.

Ich überlegte, ihr die Packung wegzunehmen und sie ins Kühlfach zu stopfen, damit diese Versuchung vor meiner Nase verschwand. Wenn ich Stress hatte, aß ich. Je kalorischer, desto besser (Nervennahrung, ihr kennt das). In den nächsten Wochen würde eine Uniprüfung die nächste jagen. Selbst, wenn ich gerne Sport treiben würde – was nicht der Fall war, aber *wenn* – hätte ich keine Zeit dafür. Also beruhigte ich meine Nerven mit Kohlenhydraten. Dann meldete sich mein schlechtes Gewissen, ich fing an, gesundes Zeug zu essen, wurde unzufrieden, und mein Stresspegel stieg. Ein Teufelskreis. Deshalb auch die Notfall-Eiscremepackung. Von der morgen vermutlich nicht mehr viel übrig sein würde, wenn Sarah so ungeniert weiterfutterte. Sie konnte essen, was sie wollte, und nahm nicht ein Gramm zu. Die Welt war hart und ungerecht.

Ich stellte den Salat zurück in den Kühlschrank. Mir war der Appetit vergangen.

»Wo willst du hin?«, fragte Sarah, als ich zur Tür lief.

»Netflix gucken«, antwortete ich seufzend. Eine Liebesschnulze oder so. »Sei eine nette Cousine und stöhn beim Sex etwas leiser, okay? Ich hab morgen eine wichtige Prüfung.«

Sie grinste verschlagen. »Ich kann nichts versprechen.«

»Okay«, sagte ich nur. Mit dem Appetit war mir auch die Lust auf Diskussionen vergangen.

»Warte!«, hielt sie mich erneut auf. »Willst du Steven … ähm … Stuard …«

»Schon gut. Sein Name ist egal.« Du wirst ihn ja eh nicht behalten. »Falls du fragen wolltest, ob ich ihn nicht kennenlernen will, lautet meine Antwort *nein*.« Kanntest du einen Quarterback, kanntest du alle. Ich würde wegen der Sexgeräusche vermutlich kein Auge zutun können, da musste ich nicht auch noch ein detailliertes Bild vor Augen haben. »Viel Spaß noch«, rief ich über die Schulter und verschwand in meinem Zimmer.

Schnell holte ich nach, was ich vorhin versäumt hatte, und schloss die rosafarbenen Vorhänge. Dann entschied ich mich gegen Netflix und für Ohrenstöpsel. Ich hasste die klebrigen, wachsigen Dinger, zumal man mit denen auch nicht komplett taub wurde, aber der Zweck heiligte in diesem Fall die Mittel. Weniger hören war besser als nichts. Ich hatte nicht tagelang gepaukt, um die Prüfung dann wegen Schlafmangels zu verhauen. Sarah war nicht absichtlich rücksichtslos, sie war nur weniger auf ihr Studium fixiert als ich. Oder zu sexbesessen. Oder zu betrunken. Vielleicht von allem ein bisschen.

Ich tauschte den Jumpsuit gegen Schlafklamotten und kuschelte mich unter die Decke. Dann schloss ich die Augen und betete für ein Wunder. *Du wirst himmlisch schlafen.* Ich musste nur fest daran glauben.

Immer wieder murmelte ich das Mantra im Geiste – bis plötzlich meine Decke angehoben wurde, dann bewegte sich die Matratze. *Ein Traum?*, dachte ich genau zwei Sekunden, bevor ich die Ohrenstöpsel entfernte. Ein warmer, männlicher Körper schmiegte sich an meinen Rücken.

Was zum Teufel?

Alles in mir spannte sich an. Ich wollte etwas sagen, aber meine Zunge klebte mir trocken am Gaumen.

Warmer Atem traf meinen Nacken. »Du riechst so gut, Süße.«

Auf einen Schlag schaltete sich mein Gehirn wieder ein. *Der Quarterback!*

Offenbar hatte er sich im Zimmer und im Bett geirrt. Wie betrunken war der Kerl eigentlich? Ich meine, es war nicht gerade so, dass ich auch nur annähernd Sarahs Modelmaße besaß. Das entging ihm anscheinend komplett.

Nun mach schon, Lily! Sag etwas, klär das Missverständnis auf! Aber der Schock lähmte meine Zunge. Oder war es die Erregung, die wie eine Feuerspirale jeden Winkel meines Körpers erreichte und in Brand setzte?

Eine große Hand fuhr unter mein Shirt und legte sich auf meinen unteren Bauch. Ich war so verwirrt, dass ich sogar vergaß, meine Speckröllchen einzuziehen. Dennoch blieb die Hand, wo sie war. Mehr noch – sie begann, meine Haut sanft zu streicheln. Als würde ihm gefallen, was er tat. Ungewollt entfuhr mir ein Stöhnen, was er mit einem rauen, wissenden Lachen quittierte.

»Mimst du jetzt die Schüchterne?«, scherzte er. »Na schön. Mal sehen, wie lange du dich zurückhalten kannst, wenn ich *das* mache …«

Ein muskulöser Oberschenkel schob sich über meinen. Plötzlich sah ich Blitze vor den Augen und mein Herz stand für einen Augenblick still. Bevor ich protestieren konnte, drehte Sarahs Eroberung mich herum, als wöge ich nichts. Der Quarterback rollte sich über mich und zwischen meine Beine, die nur von einer dünnen Pyjamahose bedeckt waren. Er war an einer bestimmten Stelle hart, und damit meinte ich nicht sein Sixpack, das ich genau spürte, als er den Unterkörper gegen meine Hüfte presste.

»Nur ein kleiner Vorgeschmack«, informierte er mich dunkel und ließ das Becken kreisen. Ich biss mir auf die Lippe, bis ich Blut schmeckte, um nicht zustimmend zu wimmern. Oder ihn anzuflehen, weiterzumachen.

Atme, Lily. Atme. Komm schon. Mach endlich den Mund auf und klär die Situation.

Doch dann beugte er die Arme. Harte Brustmuskeln rieben über meinen Oberkörper, meine Knospen wurden noch steifer und ich vergaß, was ich sagen wollte. Im nächsten Moment legte er seine weichen Lippen auf meine. Wow! Der Kuss begann sanft, dann tauchte seine Zunge in meinen Mund ein.

Stopp, was tue ich hier? Küsse einen Wildfremden! Allerdings war der unglaublich geschickt mit Lippen, Zunge und Zähnen. Mein Puls raste, Hitze stieg in mir auf.

Ach, was soll's. Keuchend umfasste ich seinen Hinterkopf und spreizte die Finger in seinem kurzen Haar, um ihn noch fester an mich zu ziehen.

»Du bist noch besser, als ich dachte«, flüsterte der Hottie erregt, als er sich kurz von mir löste. Er klang ebenso atemlos, wie ich mich fühlte. Seine Arme, die sich neben meinem Kopf abstützten, knickten ein. »Hoppla!«, rief er lachend. »Ich sehe dich doppelt.«

Ich spürte einen Stich in der Brust.

Hör auf mit der Scharade, Lily. Er wollte nicht dich. Er wollte Sarah.

Ernüchtert ließ ich die Arme sinken. »Du siehst gar nichts. Es ist stockdunkel hier drinnen. Ich bin übrigens nicht …«

»Was bist du nicht?«, unterbrach er mich. »Schüchtern?« Seine Stimme überschlug sich. Wieder lachte er. Ich seufzte im Stillen. Definitiv zu viel Alkohol.

»Dann geht eben meine Fantasie mit mir durch, Süße«, gluckerte er weiter. »Apropos Durchgehen: Ich glaube, einer meiner Shots war schlecht. Sorry, ich brauch 'ne Pause. Geht gleich wieder.« Umständlich rollte er sich von mir runter und legte sich neben mich. Das Kissen raschelte, als er den Kopf darauf fallen ließ. »Alles dreht sich«, informierte er mich träge.

Frag mich mal. Wann war ich das letzte Mal so geküsst worden? War ich überhaupt jemals so geküsst worden?

Es fühlte sich gut an.

Ich wollte das noch mal.

Aber es war falsch.

Verdammt.

Entschlossen, ihm die Wahrheit zu sagen, stieß ich die Luft aus. »Hör mal, ähm … Stevie.« Oder so ähnlich. »Ich bin nicht die, für die du mich hältst …«

Keine Reaktion.

»Stuart?«

Nichts.

»Wie auch immer du heißt, ich hätte gern eine Antwort!«

Stattdessen hörte ich ein Schnarchen.

Er war eingeschlafen.

Echt jetzt? Eben küsste er mich noch, als gäbe es kein Morgen, rieb sich an mir und entfachte damit ein Feuerwerk, und jetzt *das*? *Na toll.*

Frustriert verschränkte ich die Arme vor der Brust und starrte in die Dunkelheit. Warum hatte ich nicht einfach Netflix geguckt?

KAPITEL 2

SHAWN

Argh! Verfluchtes Sonnenlicht. Schnell schloss ich die Augen.

Moment mal …

Langsam hob ich die Lider, nur um schmerzerfüllt gegen das Tageslicht anzublinzeln, das sich durch die rosafarbenen Vorhänge schlich. Wow. Rosa?

Stirnrunzelnd wartete ich ab, bis sich meine Augen endlich an dieses verfluchte Licht gewöhnt hatten. Dann setzte ich mich auf.

Vorsichtig. Sehr vorsichtig. Noch hatte sich mein Schädel nicht entschieden, ob er sich ’nen anderen Hals suchen, oder es doch noch mal mit meinem versuchen wollte.

»Verflucht«, krächzte ich mit ausgetrockneter Kehle und bemerkte, dass das Bett neben mir leer war. Neugierig lugte ich unter die Decke. Meine Jeans trug ich noch. *Interessant.* Mein Hemd war nicht mal aufgeknöpft worden. *Noch interessanter.*

Im Schneckentempo zwang ich mich aus dem Bett und hob eine Hand an meinen pochenden Kopf. Gott, ich würde niemals wieder Erics Selbstgebrannten saufen. Wie war das? Die Wirkung würde ich nie vergessen? *Arsch.*

Als meine Beine mich endlich aufrecht hielten, starrte ich auf ein *Lethal Weapon*-Poster an der Tür. Daneben hing eins von *Iron Man*.

Hier lebte ein Mädchen, oder? Ich war doch mit einem mitgegangen!

Ich hätte mich liebend gern noch weiter umgesehen, aber ich hatte Durst und hörte Geräusche von draußen. Also ging ich seufzend aus dem Zimmer und einen Flur entlang. Meine Granny hatte mir schon mit acht Jahren eingebläut, dass man sich gefälligst der Scheiße stellte, die man verzapfte. Okay, vielleicht hatte sie das Wort ›Scheiße‹ nicht benutzt, aber sie meinte es bestimmt so. Und ich sah es als ein Problem an, wenn ein Quarterback mit meinem Ruf 'ne Nacht später immer noch seine Klamotten trug und nicht mal …

Alle Gedanken rutschten in die hinterste Ecke meiner Birne, als mir ein runder Prachthintern ins Auge fiel.

Eine kleine Brünette holte sich gerade etwas aus dem Küchenschrank. Dabei trug sie kurze Shorts. Hatte ich schon erwähnt, dass ich tief eingebaute Küchenschränke und vor allem Pantys mochte? Dazu selbstverständlich dieser apfelrunde Hintern! Auch wenn ich angezogen aufgewacht war, *so* konnte der Morgen ruhig weitergehen.

»Verfluchter Mist!« schimpfte die Kleine, als ihr eine pinke Plastikschüssel aus dem Schrank fiel. Sie hatte mich immer noch nicht bemerkt und sah sich auch jetzt nicht zu mir um, während sie besagte Schüssel aufhob und ich mich in den Türrahmen der Küche lehnte.

»Ist ja wieder mal klasse, Lily. Du pennst auf der Couch, damit irgend so ein besoffener Penner …«

Kaum zu glauben, dass ich diese kleine Zicke tatsächlich nicht gevögelt haben sollte. »Dieser Penner ist der Star-Quarterback der *Penn Quakers*«, mischte ich mich grinsend in ihr Selbstgespräch ein.

Überrascht drehte sie sich um. Leider schien sie nicht gerade begeistert, mich zu sehen. Ich musterte ihr langes, schokobraunes Haar und die dunklen, katzenartigen Augen. Gut, ihr Shirt mit dem großen Mittelfinger drauf war jetzt nichts, was mich im ersten Moment anmachen würde, aber die kurzen, kaputten Shorts waren eben … verdammt kurz. Aber da ich absolut keinen Schimmer hatte, wie ich hier gelandet war, musste ich ihr zumindest wirklich in die Augen schauen.

Drifte nicht ab, Alter! Halte ihrem Blick stand!

Sie schnaubte und drehte sich wieder um. »Star-Quarterback? Ernsthaft?«

War die Frage an mich gerichtet? Ich setzte gerade zu einer irritierten Antwort an, als sich rechts von mir eine Tür öffnete.

»Guten Morgeeen!«

Heraus kam eine Blondine, die mir vage bekannt vorkam. Sie nickte mir kurz zu und bediente sich dann in der Küche. Sie trug ein verdammt kurzes, schwarzes Kleid. Würde sie sich bücken, könnte ich vermutlich ihre …

»Ach, hier bist du!«, rief die Blondine plötzlich aus und fuhr zu mir herum. Ihre Schminke war verwischt. Anscheinend hatte sie in dem Aufzug geschlafen.

»Ja, ist er«, mischte sich die Brünette ein und sah die Blonde wütend an. »Ich musste auf der Couch schlafen, weil dieser Sportaffe ins falsche Zimmer gekommen und eingeschlafen ist. In meinem Bett!«

Ich war im falschen Zimmer gelandet? *Scheiße, Eric, dafür wirst du büßen. Du und dein Selbstgebrannter.*

Was verletzte mein Ego mehr? Dass ich tatsächlich eingepennt war, bevor wir es miteinander treiben konnten, oder dass die Kleine mich immer noch nicht ansah? Scheiße, ich hatte die rattenscharfe Blondine allein in ihrem Bett zurückgelassen, um mich mit der übel gelaunten Zicke auseinanderzusetzen? Die Kleine war nicht mal mein Typ! Wobei die Blonde nicht mal ansatzweise wütend wirkte. Sie schien mich nicht vermisst zu haben. Noch ein Schlag für mein Ego.

»Sportaffe?«, fragte ich nach, aber beide überhörten es.

»Ach, komm schon! Ich weiß gar nicht, was du hast. Er ist doch ganz heiß«, antwortete die Blondine und zwinkerte mir zu.

Die Brünette schnaubte und kramte weiter in der Küche herum.

»Hier, Kaffee!« Die Blonde stellte eine dampfende Tasse auf den Tisch.

Dem Himmel sei Dank! »Danke, den kann ich gebrauchen.«

»Gib ihm doch nicht den Kaffee, den ich gekocht habe!«, fuhr die Brünette ihre Mitbewohnerin an. Die Kleine wurde mir immer sympathischer.

Ich setzte mich an den kleinen Tisch in der Ecke. So weit ich sehen konnte, hatten die beiden es sich hier ziemlich gemütlich gemacht.

»Nimm es ihr nicht übel. Lily ist nicht gerade bekannt dafür, sich auf Typen einzulassen. Schon gar nicht auf die, die sie nicht erwartet hat«, sagte die Blonde, deren Namen ich schon wieder vergessen hatte. »Ich verschwinde noch mal ins Bett und schlafe den Rest meines Rauschs aus. Man sieht sich.« Sie klopfte mir fast mütterlich auf die Schulter und verschwand dann aus dem Raum.

Ich sah ihr nach und verkniff mir ein Pfeifen. Das Kleid war aber auch kurz …

»Ich nehme an, sie hat mich mitgenommen?«, fragte ich, weil ich *dieses* Kleid, diese Beine, diese spitze Zunge … Scheiße, gar nichts hätte ich von ihr ignoriert.

Die Kleine namens Lily sagte kein Wort, als sie sich umdrehte und sich mir mit ihrer pinken Plastikschüssel gegenübersetzte. Damit hatte sie sich die ganze Zeit beschäftigt.

Aus der Nähe betrachtet war sie noch hübscher. Sie war ungeschminkt. Eher der natürliche Typ, würde ich behaupten. Normalerweise fanden sich am nächsten Morgen immer fragwürdig viele Schminkreste in den Gesichtern meiner letzten Eroberungen. Aber selbst Lilys Sommersprossen waren zu sehen. Ein netter und seltener Anblick hier auf der Penn-Almanac-Universität.

»Normalerweise reden Frauen gern mit mir«, versuchte ich es erneut und trank einen Schluck Kaffee. Eigentlich fühlte ich mich fix und alle. Mein Kopf brummte, nach so einer durchzechten Nacht brauchte ich erst mal meine Ruhe. Und eine Dusche …

Lilys Blick fiel kurz auf mich, dann schob sie sich einen Löffel in den Mund.

»Wobei es schon Frauen gibt, die nicht mit mir reden«, unterbrach ich die nervige Stille. »Immerhin gibt's da ja noch andere Dinge, die man mit dem Mund …«

»Großer Gott, hast du Sarah so rumgekriegt?«, beendete sie ihr Schweigen.

Allein dass sie endlich mit mir sprach, fühlte sich an wie ein Sieg auf dem Football-Feld.

»Da ich nicht mehr weiß, wie ich hergekommen bin, würde ich sagen, dass *sie* vermutlich mich rumgekriegt hat«, mutmaßte ich.

Die Kleine brummte etwas, während sie weiter aß.

»Hast du vielleicht noch was für mich übrig?« Ich zeigte auf ihre Schüssel.

Das Lächeln, das sie mir schenkte, war beängstigend. »Nein.«

»Mann, bist du vielleicht nett zu deinen Gästen.«

»Meinen Gästen?«, fragte sie verwirrt und ließ die Gabel sinken. »Du bist mitten in der Nacht in mein Zimmer gekommen, hast mich begrabscht und geküsst und ...«

Oh. Hatte ich wirklich etwas getan, das sie nicht wollte?

Ihre rosigen Wangen und der schüchterne Blick sagten da etwas anderes. Ihr hatte gefallen, was ich getan hatte.

Ich grinste dreckig. »Oh ja. Ich sehe dir an, wie angewidert du bist.«

»Du bist widerlich! Du hast dich an mich rangemacht, obwohl Sarah gewartet hat!«

»Ja, und ich sehe, wie enttäuschend das für deine Freundin war«, antwortete ich belustigt und bekam dieses Grinsen einfach nicht weg. »Hör zu, ich hatte ein bisschen zu viel getrunken.«

»Ein bisschen?«, fragte sie spöttisch.

»Ein bisschen viel«, verbesserte ich mich.

Sie schnaubte.

»Ja gut, ich war rotzevoll!« Ich verdrehte die Augen. »Komm mal wieder runter. Ist ja nichts passiert.«

Sie runzelte die Stirn. »Es ist nichts passiert?«

Ich verdrehte die Augen. »Oh Mann. Deine Freundin, die echt sauer sein könnte, weil sie mich umsonst abgeschleppt hat, nimmt das lockerer als du.« Ich stockte und rümpfte die Nase, als ein strenger Geruch über den Tisch zu mir waberte. »Was zum Teufel isst du da eigentlich? Das riecht wie …«

»Quinoasalat.«

»Sorry, was?«

»Quinoa-Salat.« Sie zeigte mir den krümeligen Inhalt.

»Reis?«, hakte ich nach.

Sie verdrehte die Augen. »Ein veganer Salat, der …«

»Ah ja. Gehörst du zu den Weibern, die nach jedem Essen urplötzlich pinkeln müssen?«

»Und du gehörst zu den Spielern, die mit einem Sport-Stipendium an die Uni gekommen sind und nichts anderes können, als in wildfremde Betten zu steigen und sich etwas drauf einzubilden, ein paar Yards auf 'ner Wiese herumzurennen, oder?« Bevor ich kontern konnte, stand die Kleine auf und lächelte. »Der Salat steckt voller Nährstoffe und ist glutenfrei. Gesünder geht's kaum, du kannst jegliches Obst und Gemüse damit verarbeiten und er schmeckt echt gut.«

»Großer Gott. Du bist überzeugt von der Scheiße«, stellte ich schockiert fest. Das war mal was anderes … Keine Tussi, die nur so tat, als würde sie gesund leben, weil es gerade hip war. Ich hielt nichts von dem Mist. Und ich hatte auch keinen Bock, meine Zeit mit dummem Gequatsche über Low Carb oder so einen Mist zu verschwenden.

Die Uhr an der Wand zeigte schon fast Mittag an. Das war mein Zeichen. »Na ja, ich muss mal los«, sagte ich und stand auf. »Hab heute noch Training.«

»Gott sei Dank«, murmelte sie, als ich schon fast an der Tür war.

»Grüß deine Freundin … Sorry, wie hieß sie noch mal?«

Das Rot ihrer Wangen wurde noch dunkler. »Sie heißt

Sarah!« Etwas zu heftig zog sie die Kühlschranktür auf und stellte die pinke Schüssel hinein. »Ich bin zu alt für diesen Scheiß.«

Das war ein Zitat aus *Lethal Weapon*!

»Du kennst die Filme wirklich«, stellte ich erstaunt fest.

»Mhm?«

»Das Poster in deinem Zimmer. Du hast *Lethal Weapon* wirklich gesehen.«

Verwirrt schaute sie mich an. »Warum sollte ich Poster von Filmen aufhängen, wenn ich sie mir nicht angesehen habe?«

Sie hatte ja keine Ahnung, was Frauen alles anstellten, um mich zu beeindrucken. Aber sie wollte mich nicht beeindrucken. Interessant. Lily stand einfach auf Männerfilme. »Du kennst mich nicht?«, fragte ich sicherheitshalber nach. »Du hast noch nie von mir gehört?«

Sie verdrehte die Augen. »Sarah sagt, du bist Quarterback. Also versuchst du mit anderen Spielern einen Ball auf die gegenüberliegende Seite des Feldes zu bringen. Dabei bricht sich im Durchschnitt alle zwei bis drei Minuten ein Spieler den Arm, das Schlüsselbein oder irgendetwas anderes, was man in den nächsten siebzig Jahren mit Sicherheit noch braucht. Also nein, ich kenne dich nicht, weil ich mir so was Dummes wie Football niemals ansehen würde.«

»Mhm …«

»Was, mhm?«

»Du scheinst überzeugt von deinen Überzeugungen zu sein«, stellte ich fest.

Sie verstand nicht, das sah ich ihr an.

»Du bist überzeugt davon, dass ich nie in dein Zimmer hätte kommen sollen«, erklärte ich weiter. Bislang war mir so etwas noch nie passiert.

»Ja, und?«

»Du solltest zumindest eine Hose tragen, wenn du nicht willst, dass ich dich anstarre«, zog ich sie auf.

Mit großen Augen starrte sie auf ihre nackten Beine. Ich lachte lauthals und in meinem Brummschädel begann es sofort wieder zu pochen, aber ihr entrücktes Gesicht war den Schmerz wert. Panisch sah sie sich um und fand ein klitzekleines Küchentuch, das sie sich vor die Oberschenkel hielt.

»Du mieser …«

»War nett mit dir. Bis dann, Lily.«

KAPITEL 3

LILY

Zwei Jahre später …

Wütend feuerte ich meinen Rucksack in die Ecke und knallte die Wohnungstür mit einem kräftigen Tritt zu. Ich kickte die schwarzen Ballerinas, die ich mir extra für das Bewerbungsgespräch zu der braunen Bundfaltenhose und der cremefarbenen Strickjacke gekauft hatte, in die Ecke und stapfte durch den Flur. An Sarahs Tür ging ich einfach vorbei, die schlief sicher noch immer ihren Rausch von letzter Nacht aus. Bestenfalls hätte sie mir einen mitleidigen Blick geschenkt. Dass er echt gewesen wäre, hätte die Sache nur schlimmer gemacht.

Sarah verstand nicht, wie ich mich fühlte. Im Gegensatz zu mir war sie mit einem goldenen Löffel im Mund geboren worden. Sie hatte BWL studiert, weil es sich besser im Lebenslauf machte. In vier Wochen, nach unserem Abschluss, würde sie in der Investmentfirma ihres Vaters ein Praktikum absolvieren. Kommendes Jahr war sie schon als stellvertretende Geschäftsführerin eingeplant.

Ich hätte ebenfalls von Sarahs Familie profitieren können – mein Onkel war stets großzügig gewesen –, aber ich wollte es selbst schaffen. Was waren eine gute Stellung und mehrere Nullen hinter dem Komma auf dem Gehaltscheck wert, wenn nur Vitamin B dafür verantwortlich war?

Ich ging in mein Zimmer und schlug die Faust ins Kissen, legte mich dann in voller Montur aufs Bett und starrte verdrossen die Decke an. Wie ein schlechter Film lief der Vormittag vor meinen Augen ab.

»Ihre Qualifikationen sind für das Traineeprogramm mehr als ausreichend, Miss St. James, aber …« Norman Pommeroy, Personalchef von Startix Personalmanagement, außerdem selbstverliebter Schlipsträger – und ein arroganter noch dazu –, sah mich von oben herab an. »Wir haben uns für eine andere Bewerberin entschieden.«

Das war ein Scherz, oder?

Ich blinzelte durch meine randlose Brille. »Ich habe den Einstellungstest als Beste bestanden.« Das hatte ich aufgeschnappt, als ich mich rein zufällig während der Kaffeepause in der Firmenkantine hinter die beiden Psychologen gesetzt hatte, die das Assessment-Center leiteten. Okay, vielleicht hatte ich dem Zufall nachgeholfen und der niedlichen Rothaarigen am Nebentisch der Psychologen den Appetit bewusst verdorben, als ich ihr verkündete, die Köchin hätte auf die Donuts geniest. Aber ich brauchte ihren Platz, um zu lauschen - alleine. Ich hatte mein schlechtes Gewissen verdrängt. Meine Nervosität war schuld. Die und der Wunsch, endlich die Früchte meiner harten Arbeit zu ernten. Nachdem ich schon drei Absagen kassiert hatte, wollte ich diese Stelle unbedingt! Geeignete Newcomer-Angebote im Marketing, die meine Ansprüche erfüll-

ten, gab es nicht wie Sand am Meer. Ich hätte mich außerhalb von Philadelphia bewerben können, doch ich wollte unbedingt in der Stadt meiner Geburt bleiben und nach drei harten Studienjahren nicht arbeitslos auf der Straße sitzen.

»Das war streng vertraulich. Sie sollten diese Information gar nicht haben«, wies Pommeroy mich zurecht. Ich machte ein zerknirschtes Gesicht, weil ich wusste, dass er es von mir erwartete.

»Ich habe es zufällig aufgeschnappt«, flunkerte ich.

*Er nickte wohlwollend. »*Startex *ist seit der Gründung vor zwei Jahren von null auf hundert durchgestartet. Wir sind auf dem Weg an die Spitze …«*

»Ich weiß«, unterbrach ich ihn euphorisch. »Deswegen würde ich wahnsinnig gern für Sie arbeiten.«

»Wie viele andere auch«, sagte er gönnerhaft. »Wir müssen auf unser Image achten. Gute PR ist alles heutzutage und bei den Mitarbeitern fängt es an. Zeig mir deine Angestellten und ich sage dir, wer du bist.« Er bleckte die etwas zu weißen Zähne.

»Wem sagen Sie das … Ich bin hochmotiviert und …«

*Er hob die Hand und ich schloss den Mund wieder. Als er die manikürten Hände auf der Schreibtischplatte faltete und sich vorbeugte, bekam ich ein mieses Gefühl. »Nichts für ungut, Miss St. James. Intellektuell kann Ihnen keine Bewerberin das Wasser reichen, aber …« Er räusperte sich gekünstelt. »*Startex *ist eben hip und innovativ.«*

Und das war ich nicht? Er brauchte es nicht auszusprechen, sein abwertender Blick sagte alles. Ich starrte den geleckten Schnösel, der gerade ein paar Jahre älter sein konnte als ich, nur fassungslos an. Mein Gehirn versuchte zu verarbeiten, was es gerade gehört hatte.

Ich entsprach optisch nicht den Ansprüchen? Wie oberflächlich war das denn?

Als ich schließlich erfuhr, dass eine hohlbirnige Taylor

Swift-Kopie die Stelle bekommen hatte, war es mit meiner Ruhe endgültig vorbei. Am liebsten hätte ich im nächsten Baumarkt eine Spraydose gekauft und auf die glänzende Betonfassade des *hippen* und *innovativen* Bürogebäudes *Arschlöcher* gesprüht. Stattdessen war ich in den Starbucks an der Ecke marschiert und hatte mir einen Erdbeershake mit extra viel Sahne gegönnt. Geholfen hatte es wenig.

Mann, war ich sauer!

Ich überlegte, meine Mom anzurufen und mich bei ihr auszukotzen, verwarf den Gedanken aber wieder. Seit sie und Dad den Esoterik-Laden verkauft hatten und in ihrem Wohnmobil durch die Weltgeschichte tingelten, lebten sie in einer anderen Welt. Mom würde mir wieder mit irgendwelchen Globuli kommen, die ich als Kind tonnenweise schlucken musste, wenn mein Temperament mal wieder mit mir durchgegangen war. Nein, danke. Stattdessen rief ich den einzigen Menschen an, den ich momentan ertragen konnte. Den, von dem ich noch vor zwei Jahren nicht im Traum angenommen hätte, dass er mir heute so wichtig werden würde.

Als es zwanzig Minuten später an der Tür klingelte, schlurfte ich durch den Flur und öffnete. Shawn Frady hielt eine Papiertüte hoch und grinste mich mit diesem verdammt süßen Lächeln an, von dem er wusste, dass ihm schwer zu widerstehen war.

»Nervennahrung. Danach geht es dir besser.«

Er schob sich an mir vorbei, streifte die Sneakers ab und lief in die Küche. Ich folgte seinem breiten Kreuz, das in einem verdammt engen Longsleeve steckte, und seinem herrlichen Duft nach frischem Aftershave.

»Du hast am Telefon so niedergeschlagen geklungen, dass ich nicht nur zwei Sandwiches, sondern auch noch ein Stück von deinem Lieblingsapfelkuchen mitgebracht habe.« Er stellte die Tüte auf den Küchentresen und sah über die Schulter. Zum Glück hatte ich rechtzeitig den Kopf gehoben, bevor er bemerkte, wie ich seinen Knackarsch in der gut sitzenden Jeans angestarrt hatte. Ich warf meinen geflochtenen Zopf nach hinten.

»Warum nur eins?«

»Es war das Letzte.«

»Ich teile nicht gerne.« Beim Essen verstand ich keinen Spaß, heute erst recht nicht.

Shawn lachte leise. Nussbraune Strähnen fielen ihm in die hohe Stirn, als er den Kopf schüttelte. Seine blauen Augen blitzten vergnügt. »Da teilt sie nicht mal den Kuchen mit mir. Warum genau sind wir so gut befreundet?«

»Weil ich die einzige Frau bin, die dir widersteht.« Ich schloss zu ihm auf und nahm ihm die Tüte aus der Hand. Würziger Duft strömte mir entgegen. Meine Laune besserte sich schlagartig.

»Und die Einzige, die mir so frech Paroli bietet«, fügte er grinsend hinzu.

Ich wickelte die Sandwiches aus. »Oh, oh!«

»Was?«

»Auf deinem sind Gurken drauf.«

Shawn stöhnte, nahm mir das Sandwich ab und verzog den Mund, als er sah, dass ich recht hatte. »Ganz ehrlich, seit zwei Jahren kaufe ich regelmäßig unsere Sandwiches dort. Pute mit Ananas und Tomaten für dich, Salami ohne Gemüse für mich. Warum bekommen die es verdammt noch mal nicht hin, die verflixten Gurken von meinem Sandwich zu lassen? Spreche ich Chinesisch?«

Ich holte einen Teller aus dem Schrank und hielt ihn fest, während Shawn die verhassten Gurken zwischen den Salamischeiben herauspulte und darauf ablegte. »Versuch's mal mit Türkisch. Der Laden heißt nicht umsonst *Ali's Sandwichshop.*«

»Tolle Idee, Lily. Warum bin ich nicht selbst draufgekommen?«

»Was dir an Intelligenz fehlt, mache ich mit meinen überaus treffenden Kommentaren eben wieder wett.« Grinsend schob ich mir die Gurken in den Mund.

Shawn riss seinen angewiderten Blick von meinen Lippen los und grinste spitzbübisch. Er wusste genau, dass ich scherzte. Anfangs hatte ich ihn in eine Schublade gesteckt: Attraktive Sportskanone mit der Intelligenz einer Ameise vor dem Schlüpfen. Doch ich hatte mich geirrt. Tatsächlich war Shawns Notenschnitt nur knapp unter meinem. Neben Sport- und Ernährungswissenschaften belegte er auch Finanzwesen und mittleres Management. Sollte sein Traum von einer Profilaufbahn scheitern, könnte er immer noch als Fitnesstrainer arbeiten, immer im Blick, später ein eigenes Studio zu eröffnen. Seit jener Nacht vor zwei Jahren, als er versehentlich in meinem statt in Sarahs Bett gelandet war, hatte sich zwischen uns eine verrückte, intensive Freundschaft entwickelt. Nichts Sexuelles oder so. Shawn stand auf One-Night-Stands, bevorzugt mit Cheerleaderinnen oder Sportstudentinnen. Vermutlich funktionierte unsere Freundschaft deshalb so gut, weil ich absolut nicht seinem Beuteschema entsprach. Ich war nur die beste Freundin. Der Kumpeltyp. Leider. Ich hatte Shawn nie gebeichtet, dass ich mehr für ihn hätte sein wollen. Ich meine, das wäre auch lächerlich gewesen. Er war Shawn Frady, Star-Quarterback, Augenweide, Schwarm aller Mädchen. Und ich war eben nur Lily St. James, mit ein oder zwei Speckröllchen zu viel.

Wir nahmen die Teller und gingen in mein Zimmer. Shawn stellte die beiden Cokes, die er aus dem Kühlschrank geholt und mitgenommen hatte, auf dem Tisch neben dem Bett ab und schaltete den Fernseher an. »*Transformers* oder *Max Steel*?«

»*Max Steel*«, bestimmte ich, während ich die Teller mit den Sandwiches neben die Getränke stellte. Eine Leidenschaft, die wir teilten, waren Actionfilme. Mindestens einmal pro Woche hingen wir zusammen ab und fachsimpelten über die neuesten Serien, die Netflix in unserer Lieblingssparte auf den Markt gebracht hatte.

Ich beobachtete Shawn, als er elegant aufs Bett hüpfte und sich mit dem Rücken gegen das Kopfteil lehnte.

»Brauchst du eine Extra-Einladung?« Er klopfte neben sich auf die Matratze und ich folgte der Aufforderung. Als ich saß, zappte er sich durchs Pay-TV und legte dabei den Arm um meine Schulter, als wäre es das Selbstverständlichste der Welt. Was es für ihn wohl auch war. Ich bekam noch immer Herzklopfen bei der freundschaftlichen Geste. Überhaupt wurde mir in Shawns Nähe ziemlich warm.

»Warum fragst du nicht nach dem Vorstellungsgespräch?«, hakte ich nach und streckte die Beine neben Shawns aus. Seine Oberschenkelmuskeln zeichneten sich unter der engen Jeans deutlich ab. Ich hielt den Blick auf meine überkreuzten Knöchel und die Bundfalten der braunen Hose gerichtet.

»Du hast am Telefon gewettert wie ein Rohrspatz. Ich hab nur die Hälfte gecheckt, aber *sexistische Arschkriecher* und *biederer Harry Potter-Verschnitt* hab ich deutlich verstanden. Du hast den Job nicht bekommen und bist deswegen enttäuscht. Verständlich.«

»Ich bin nicht enttäuscht, ich bin sauer«, korrigierte ich ihn.

»Auch gut. Ich bin nicht dein Vater, der dich wie eine Zitrone nach Details ausquetscht. Ich bin dein bester

Sie gab auf und seufzte. »Mein Tigerkostüm für Halloween.«

»Dein Tigerkostüm?« Ich lachte lauthals los. »Nicht dein Ernst! Scheiße, das fängt ja schon gut an.«

»Mach dich nicht darüber lustig!«, fuhr sie mich an, entriss mir das Kleidungsstück und stopfte es in die hinterste Ecke ihres Schranks.

»Ehrlich, Lilymaus. Die meisten Weiber suchen sich ein ganz bestimmtes Tier aus, wenn sie sich zu Halloween verkleiden wollen«, erklärte ich ihr und wischte eine einzelne Lachträne von meiner Wange.

»Und das wäre?«

Dass sie schon fragen musste, sagte irgendwie alles.

»Jedes heiße Teil geht natürlich als *Kitty Cat*. Ist doch klar«, antwortete ich und wühlte weiter in ihrem Schrank herum.

»Gott, musst du immer so sexistisch sein?«

»Gott *war* sexistisch, Lilymaus. Er hat überall rumerzählt, dass Eva von der verbotenen Frucht gegessen hat.« Ich zog ein paar bunte Ringelsocken heraus, die sofort in die nächste Ecke flogen. »Und Adam wurde dafür noch belohnt. Er durfte seine Kleine außerhalb des Paradieses knall…«

»Du ziehst über Adam und Eva her?« Ungläubig schüttelte sie den Kopf. »Zerfällst du zu Staub, wenn du weiterredest? Dann lass ich dich liebend gerne weiter Müll quatschen.«

Ich lächelte und warf ein paar Latzhosen auf ihr Bett.

»Das bringt doch alles nichts!«, sagte sie auf einmal und sah kopfschüttelnd in ihrem Zimmer umher. Inzwischen hatte ich ihre Klamotten sehr gut überall verteilt. »Ich bin nicht das, was *JC Events* sucht.«

»Lily …«

»Nein, Shawn! Gibt es überhaupt irgendein Kleidungsstück in diesem Schrank, das dir gefällt?« Vielsagend hielt sie einen viel zu großen, roten Pullover hoch. »Ich bin ein hoffnungsloser Fall. Mir wird nie jemand einen Job geben und am Ende lande ich auf der Straße. Obdachlos, schmutzig und mit Flöhen übersät.«

So, wie ich sie kannte, stellte sie sich das gerade auch bildlich vor.

Ich blickte mich im Zimmer um. Dabei ignorierte ich den Lavendelgeruch, den Lily immer mit sich trug. Der ganze Raum roch nach ihr.

»Ein paar Strickkleider sind ganz okay.« Wenn sie für einen Job in der Bibliothek vorsprechen würde. Die Unterwäsche in der rechten Schublade war komplett einfarbig und nichtssagend. *Gut, beides erwähne ich lieber nicht, sonst haut sie mir noch eine runter.* Die Latzhosen waren eben Latzhosen. Nichts Besonderes. »Aber so geht das nicht«, stellte ich schließlich fest und schloss die Schranktüren. Das hatte so keinen Sinn.

»Siehst du? Du gibst schon auf!« Lily schüttelte den Kopf. »Hätte ich mal diesen Monat nicht die Sonderedition der *Avengers-Blu-ray-Sammelbox* gekauft. Jetzt kann ich mir nicht mal mehr ordentliche Klamotten kaufen, damit ich nicht auf der Straße lande!«

»Deine Eltern verdienen mit ihrem fahrbaren Esoterik-Laden genug Asche. Und die Sammelbox musste sein, Lily. Das weiß ich, das weißt du und der Marvel-Gott weiß das auch.«

»Meine Eltern sind nicht reich. Sie verkaufen selbstgeblasene Lampen an Touristen, Shawn. Wie oft soll ich das noch sagen?«

So oft, wie sie wollte. Ich bewunderte Lilys Eltern. Sie waren Hippies, die quer durch die USA fuhren und mit

Bambusrohren Geld machten. Sie hatten so gut wie keine Verpflichtungen. Meine hingegen waren einfach stinklangweilige Anwälte, die ihre Kohle dank zwielichtiger Mandanten anhäuften.

»Gut, du lässt mir keine Wahl«, sagte ich und ließ meinen Blick resigniert über das Chaos gleiten. Diese Öko-Klamotten waren absolut nichts für ein Bewerbungsgespräch.

»Suchen wir schon einen passenden Platz im *Seven Arches* für mich? In dem Park laufen viele Touris herum. Die spenden mir vielleicht ihr Kleingeld, wenn ich mich verlottert genug auf eine Bank setze. Ich könnte mir einen Hund anschaffen, um glaubwürdiger zu wirken …«, redete sie weiter und weiter Blödsinn, bis plötzlich mein Handy klingelte.

Ich zog es aus der Hosentasche. *Blondi, Doppel D* rief an.

»Geh schon ran«, sagte Lily und seufzte. »Ich werde mich so lange in Selbstmitleid suhlen.« Sie ließ sich auf ihr Bett fallen, während ich den Anruf wegdrückte, ohne groß zu überlegen. Prioritäten. Lily ging vor.

»Kommt gar nicht infrage. Aufstehen!«, kommandierte ich. »Wir müssen los.«

»Los? Aber …«

»Nichts aber. Wir werden dich vor deiner drohenden Obdachlosigkeit retten«, verkündete ich schmunzelnd. Lily sah mich tadelnd an, was ich aber geflissentlich ignorierte.

Ich zog sie aus dem Zimmer, aus der Wohnung und zu meinem Jeep Wrangler. Während der Fahrt in die City erklärte ich ihr, dass wir nun shoppen gehen würden. Lily war nicht gerade begeistert, aber ich ließ mich von meinem Plan nicht abbringen.

»Wohin fahren wir denn?«, fragte sie irgendwann.

»Zu einem wunderbaren Laden für die Grundlage jedes guten Outfits. Wenn du neue Klamotten kaufst, musst du auch darunter gut aussehen.«

»Darunter?«, wiederholte sie irritiert.

»Jepp«, antwortete ich und konzentrierte mich auf die Straße.

»Ich werde auf keinen Fall mit einem meiner Chefs schlafen!«

Seufzend kniff ich mir in den Nasenrücken. »Es ist nichts gegen eine schnelle Nummer im Kopierraum einzuwenden, aber nein, ich meine nicht, dass du dir den Job *erschlafen* sollst.« Der Gedanke, Lily würde mit irgendeinem Bürofritzen herummachen, behagte mir nicht.

Lily verdrehte die Augen. »Igitt. Du schaust definitiv zu viele Pornos.«

Eigentlich schaute ich kaum noch Pornos. Ich zog es tatsächlich vor, meine Abende mit ihr und einem Serienmarathon zu verbringen. Aber dieser Gedanke passte hier gerade nicht rein, vor allem, weil wir unser Ziel erreicht hatten.

Ich parkte an der Straße. Lily stieg aus und ich folgte ihr.

»Du meinst den Laden da drüben?«, fragte sie geschockt.

Ich nickte.

»Das ist ein Designerladen.«

»Jepp.«

»Das kann ich mir nicht leisten, Shawn.«

Als wenn sie irgendetwas bezahlen soll. Weiber.

»Jepp. Kommst du jetzt?«

Augenrollend gehorchte sie.

»Das ist verrückt! Das ist zu teuer und verrückt. Teuer,

verrückt und völlig übertrieben!«, rief Lily fünf Minuten später, als sie schon in einer Umkleidekabine stand. Ich saß direkt gegenüber und zwinkerte Natascha zu, die mir eine eiskalte Coke brachte. Natascha arbeitete seit ein paar Monaten in dem Laden, den wir schon zusammen »erkundet« hatten. In allen drei Umkleidekabinen, dem Aufenthaltsraum und auf dem Verkaufstresen – natürlich erst *nach* Geschäftsschluss.

»Wie geht's dir, Babe?«, fragte ich beiläufig.

Natascha kicherte. »Gut. Und dir?« Sie beugte sich etwas hinunter, und ich konnte einen großzügigen Blick auf ihre Titten werfen.

»Jetzt geht' s mir ...«, begann ich, als der Vorhang der einzigen belegten Kabine zur Seite gezogen wurde.

Unsicher stand Lily vor mir. Sie trug einen roten Spitzen-BH, der ihren Busen betonte, und das passende Höschen dazu. Rot! War die Farbe beim Aussuchen schon so krass erotisch gewesen?

»... gut«, beendete ich meinen Satz, ohne Natascha anzusehen.

»Shawn, ich weiß immer noch nicht, warum ich auch neue Unterwäsche brauche. Es ist doch total egal, was ich drunter habe«, murmelte Lily mit dieser unsicheren Stimme.

Ich musste schlucken. Mehrmals. Räuspernd scheuchte ich Natascha mit einer Handbewegung weg. Ihr Missfallen war mir gerade so was von egal.

Lilys straffe Schenkel interessierten mich dafür umso mehr. Dazu blickte sie so schüchtern drein, dass ich nur noch ihre Natürlichkeit bewunderte. Es fühlte sich an, als hätte ich ihre nackten Beine vor Ewigkeiten das letzte Mal gesehen. Zwei Jahre ...

»Und? Wie sehe ich aus?«, flüsterte sie.

Dass ich die Frage überhaupt verarbeiten konnte, war ein Wunder. Ich räusperte mich. »Hammer!«

Sie sah mich verdattert an. Mir fiel der Fehler auf. »Ich meine …« Ich räusperte mich erneut. »Gut. Also, wirklich gut.«

Rasch stand ich auf und vergaß tatsächlich die Coke in meiner Hand.

»Fuck!«, rief ich aus, aber da war der halbe Inhalt schon auf meiner Jeans gelandet.

»Warte, ich helfe dir«, bot Lily sofort an, doch ich hob abwehrend die Hände.

»Lass mal.« Sie sollte auf keinen Fall sehen oder spüren, was das hier alles gerade mit mir machte. »Ähm … ich verschwinde mal eben. Zieh das aus.« Ich schüttelte den Kopf. »Ich meine, zieh dich um. Die Unterwäsche sieht toll an dir aus. Die nehmen wir. Ich … geh mal auf die Toilette.«

Ich brauchte zwanzig Minuten, um meinen Schwanz und mich selbst zu beruhigen. Keine Ahnung, was sie dachte, als ich aus der Toilette kam, aber wir zahlten schnell und liefen dann weiter. Gott sei Dank trug sie wieder ihre altmodischen Klamotten. Dieser Scheiß durfte nicht noch mal passieren. Eine Erektion, weil Lily in Dessous vor mir stand … Paul würde mich auslachen. Wobei mein großer Bruder generell nicht viel benötigte, um über mich zu lachen.

Natascha wirkte ziemlich angepisst, als sie uns abkassierte, aber mit irgendwelchen gekränkten Gefühlen hatte ich mich noch nie auseinandergesetzt. Das würde ich auch heute nicht machen.

»Was meinst du?«, fragte Lily. Wir waren mit den Einkäufen aus dem Dessousladen direkt in die nächste Boutique gegangen und standen schon ein paar Minunten zwischen den Regalen.

»Mhm?«

Genervt stöhnte sie auf. »Wie soll das funktionieren, wenn du gar nicht bei der Sache bist, Shawn?«

Bei der Sache? Scheiße, ich war immer noch völlig durch den Wind von Lilys Anblick in Rot. Und das würde mir einen verdammten Samenstau bescheren, wenn das weiter so gehen würde.

Sie hielt einen dunklen Pullover in die Höhe. Schreckliches Teil. Ich sah kurz zur Seite, scannte die beiden Stangen neben mir und griff nach einem dunklen Bleistiftrock und einer weißen Bluse. Müsste ihre Größe sein. »Nimm das. Der Rock betont deine Beine, ist aber nicht zu kurz. Weiße Bluse geht immer. Probier es an, dann fahren wir zu Luigi. Ich geh schon mal raus, die Luft hier drinnen ist ja nicht zum Aushalten.« Das war eine Lüge, aber die Wahrheit wollte ich nicht zugeben.

»Moment mal.« Lily griff nach meinem Arm und hielt mich zurück. »Du musst doch schauen, ob das Outfit mir auch steht. Bitte, Shawn, du wolltest mir doch helfen.«

Wollte ich das?

Ja, du Depp. Du hast es ihr angeboten und jetzt kommst du nicht mehr aus der Sache heraus.

Vor mich hin murrend, setzte ich mich wie ein Opfer auf der Schlachtbank. Es gab kein Entrinnen …

Minuten später wurde mir noch mal klar, warum das hier keine gute Idee war.

Lily trat aus der Kabine und ich erstarrte. Der Rock passte wie angegossen an ihren Kurven. Die Bluse wirkte etwas zu eng. Dafür betonte sie ihre Brüste.

»Ich glaube, die Bluse ist zu klein. Eine Nummer größer würde wohl …«

Lily zupfte an dem Stoff herum, und ich starrte wie ein

Verrückter auf ihren Ausschnitt. Dazu lagen ihre Haare offen über ihren Schultern.

Reizvoller konnte sie gar nicht aussehen. Meine beste Freundin …

Verdammt, was tat ich denn hier? Das war verdammt noch mal Lilymaus. Meine beste Freundin, Herrgott noch mal!

Ruckartig stand ich auf und ging Richtung Kasse. »Nehmen wir! Nimm die Bluse in einer Nummer größer und dann geht's weiter«, rief ich über die Schulter und hörte ihre Antwort nicht mehr.

Zehn Minuten später hatte ich gezahlt und sie war mir mit einer weiteren Tasche nach draußen gefolgt. Sie hatte das Outfit gekauft. Verflucht.

Da *Luigi* nur zwei Blocks entfernt sein Geschäft hatte, liefen wir zu Fuß. Ich dachte, die frische Luft würde mich abkühlen, aber ich bekam das Bild von perfekter glatter Haut nicht aus dem Kopf.

»Glaubst du, Steve Rogers hätte meine Taschen getragen?«, riss mich Lilys Frage ins Hier und Jetzt zurück.

»Was?«

Sie hob die Tragetaschen hoch, damit ich sie bemerkte. »Na, offensichtlich trägst du meine Taschen nicht.«

»Steve Rogers hat Superkräfte, aber ist so weich wie ein Hundewelpe, wenn es um das weibliche Geschlecht geht. Also ja, er hätte deine Taschen getragen«, erwiderte ich und war erleichtert, dass wir wieder auf unser übliches Geplänkel kamen. Darauf konnte man immer zurückgreifen. Vor allem, wenn man gerade dabei war, seine beste Freundin in ein Supermodel zu verwandeln. Eines, das mir den Atem raubte und meinen Schwanz ungewollt hart werden ließ. Warum zum Teufel musste ich mich auch unbedingt einmischen? Gut, wie die krumme Gurke beim Bewerbungsgespräch mit Lily umgesprungen war, hatte mich ziemlich sauer gemacht. Aber war es das hier wert? Ich warf ihr einen Seitenblick zu. Plötzlich sah ich Lily in ganz anderem Licht, und wenn ich *anders* sagte, dann meinte ich sexuell. Aber Lily war kein Ding, das man ansabbern, vögeln und wieder wegwerfen konnte. Lily war ... Scheiße. Dachte ich wirklich daran, sie zu vögeln?

»Ich vergesse immer wieder, dass du eher wie Loki, Thors Gegenspieler bist«, murmelte sie und zog sich eine der Taschen über die Schulter.

»Loki ist heiß!«, erklärte ich grinsend.

»Stimmt«, murrte sie. »Und ein Arsch.«

Ich lachte lauthals.

»Gib mal her, Süße. Ich spiele gerne deinen Thor, wenn du das gerade brauchst.«

Sie wehrte sich nicht, als ich ihr die Taschen abnahm.

»Ich würde ja gerne sagen, dass du eher ein Tony Stark bist ... Aber der ist ohne seine Pepper gar nicht so cool«, erklärte sie.

Ich schnaubte bloß, als wir in die nächste Straße abbogen. Im Film war Pepper Iron Mans bessere Hälfte und hatte den einstigen Playboy geläutert. So einen Kitsch gab es auch nur im Film. »Ich brauche keine Pepper.«

»Das weiß ich doch!«

Lily runzelte die Stirn, als zwei kichernde Tussis an uns vorbeiliefen. Ich musterte sie kurz, drehte mich dann zu ihnen um und grinste dreckig.

»Ladies ...«, flirtete ich und bekam wieder dieses alberne Standard-Kichern zurück. *Langweilig.*

»Wie lange soll das eigentlich noch so gehen?«, brummte Lily. Wir waren mitten auf dem Bürgersteig stehen geblieben.

»Was meinst du?«, fragte ich abgelenkt, weil eines der Mädels noch winkte, bevor es um die Ecke verschwand.

»Einkaufen. Ein Outfit haben wir jetzt. Ich wäre fertig. Und die Unterwäsche erwähne ich nicht mal, die werde ich eh zurückgeben.«

Sofort hatte Lily meine gesamte Aufmerksamkeit für sich. Und die meines besten Stücks. »Du wirst die nicht zurückgeben! Vergiss das mal ganz schnell wieder. Und Luigi wirst du auch brav ertragen. Er ist nämlich die nächste Station, um dir deinen Traumjob zu besorgen.«

»Meine nächste Station? Und was bedeutet überhaupt *brav ertragen*?«, fragte sie pampig. »Shawn, ich …«

Seufzend zog ich meine Sonnenbrille aus der Tasche und setzte sie auf. »Lily. Willst du doch wie deine Eltern enden? Bambuslampen an Touris verkaufen? Gut, dann nur zu. Canceln wir Luigi.«

Keine Ahnung, was mich ritt, sie schon jetzt vom Haken zu lassen. Luigi war ein Muss! Aber das Bild von Lily in Unterwäsche waberte in meinem Gehirn herum, sodass ich keinen klaren Gedanken fassen konnte. Jede einzelne Alarmglocke in mir schrillte. *Ändere Lily nicht. Sie ist gut so, wie sie ist. Noch mehr nackte Haut verträgst du nicht.*

»Also schön. Stürmen wir Luigis Laden«, gab sie nach. »Keine Ahnung, wer das ist, aber hey, ich werde jetzt einfach mal spontan sein und auf dich hören.« Allein wie sie das Wort ›spontan‹ betonte, zeigte, wie wenig Lust sie darauf hatte. Lily war ein Kopfmensch. Ihre Panik, nach unserem Abschluss in der Gosse zu landen, war einfach zu groß. Auch wenn jeder Depp, der sich die Mühe machte, sie kennenzulernen, merken musste, wie intelligent, fleißig und strebsam sie war. Sie wäre für jede Firma eine Bereicherung. Deswegen half ich ihr. Genau! Sie hatte einen guten Job verdient. Wenn sie dazu von mir in die richtige

Richtung geschubst werden musste – gut, dann würde ich das machen.

»Jetzt erzähl mir mal von diesem Luigi. Du hast ihn nie erwähnt. Ist das ein Freund von dir?«, fragte sie, als sie mir brav in den hippen Friseurladen folgte.

»Ich komme hier ab und an mal vorbei. Nicht so oft.«

»Na, wen haben wir denn da? Shawn, mein Guter. Ciao! Gestern haben dir meine Künste also noch nicht gereicht.« Luigi flüsterte einer Kundin etwas ins Ohr, woraufhin diese erst in unsere Richtung sah und dann lächelnd nickte. Anschließend setzte sich Luigi in Bewegung und kam auf uns zu. Der eins sechzig große Halbitaliener war in der Bronx aufgewachsen, hatte vor Jahrzehnten diesen Laden etabliert und war zu der Stilikone in Philli geworden. Jeder, der was auf sich hielt, ließ sich die Haare von ihm stylen. Dass Lily ihn nicht kannte, zeigte mal wieder, dass sie in ihrer eigenen Welt lebte.

»Ciao, Lu. Was geht?« Ich setzte meine Sonnenbrille ab und hakte den Henkel in den Kragen meines Shirts.

Luigi zwinkerte mir zu und sah dann zu Lily. Seine grauen Augenbrauen schossen in die Höhe. »Und welche Bella hast du dieses Mal mitgebracht?«

»Du bist also nicht oft hier«, flüsterte Lily belustigt in meine Richtung und strahlte dann Luigi an. »Hi, ich bin Lily. Shawns Freundin. Äh, seine *beste* Freundin«, korrigierte sie sofort, als Luigis rechte Augenbraue höher wanderte.

»Freut mich, Lily. Was kann ich für dich tun?«

»Mach sie hübsch«, antwortete ich an ihrer Stelle.

»Hey!«, fuhr Lily mich an.

»Du bist hübsch«, beschwichtigte ich sie und meinte es absolut ehrlich. »Sie muss noch hübscher aussehen«, erklärte ich Luigi. »Um bei ihrem Bewerbungsgespräch zu punkten. Etwas Kreatives, was aber ihren natürlichen Typ unterstreicht. Kannst du da … irgendetwas machen?«

Luigi bewegte den Kopf von rechts nach links und spitzte die Lippen. »Na, viel muss ich nicht ändern. Ein bisschen schnipp, schnapp hier und da …« Er war schon voll in seinem Element und zupfte an ihren Haaren herum. Er führte Lily zu einem freien Frisierstuhl, während mein Handy klingelte.

Knackarsch rief an. Ach ja, die hatte ich ganz vergessen.

Mein Blick huschte zu Lily, die mit Luigi in eine Diskussion vertieft war. Ich wettete zwanzig Mäuse, dass sie gerade das Zepter in die Hand nahm.

Scheiße. Was tat ich eigentlich hier? Ich hätte längst in irgendeinem Bett liegen und mir diesen verdammten Druck wegvögeln können. Mein Schwanz war hart wie Granit und daran war bloß Lily schuld. Vielmehr war ich selbst schuld, weil ich auf die perverse Idee gekommen war, ihre Vorzüge zu betonen. Ja, ich wollte ihr helfen. Aber darin war nicht enthalten, dass ich sie mir plötzlich in meinem Bett vorstellte.

Sie gehörte nicht in diesen Teil meines Lebens.

Ich nahm den Anruf an.

KAPITEL 5

LILY

Kannst du morgen meine Frühschicht übernehmen? Biiitte! Mir steht das Wasser bis zum Hals. Wenn ich die Klausur morgen wieder verhaue, bin ich raus und muss den Kurs wiederholen.

Ich saß auf der Tribüne des *Franklin Field Stadions* und sah Shawn und den anderen Kraftpaketen seiner Footballmannschaft beim Training zu, als die Textnachricht von Roxanne eintraf. Wir jobbten beide im *Silk City*-Diner, um unser Studium zu finanzieren, wobei ich das Glück hatte, durch ein Halbstipendium und den Zuschuss meiner Eltern nur wenig arbeiten zu müssen. Roxanne finanzierte alles selbst, wodurch ihr oft die Zeit zum Lernen fehlte. Eigentlich stand mir kein bisschen der Sinn nach Kellnern an einem Samstagvormittag. Dann fielen ständig Horden von Familien mit ihren Hosenscheißern in das Diner ein und verwüsteten den Laden bis zur Unkenntlichkeit. Aber seit ich dort vor drei Jahren angefangen hatte, war ich mit Roxanne befreundet und Freunde halfen sich nun mal, wenn die Kacke am Dampfen war.

Geht klar.

Daaanke. Du hast was gut bei mir. Eine Tafel Hershey's Kisses in Mint-Whitechocolate?

Ich liebte die leckeren Schokoladenküsschen, kaufte mir die Sorte aber selten, weil nur ein einziges Geschäft in Philli sie führte. Um es zu erreichen, hätte ich zweimal mit der U-Bahn umsteigen müssen und der Aufwand war mir zu groß.

Gebongt!

Ich steckte das Handy weg und konzentrierte mich wieder auf das Spielfeld, wo es gerade ordentlich zur Sache ging. Trainer Campbell fasste die Spieler nicht mit Samthandschuhen an, aber das waren die Jungs gewohnt. Wenn mir vor zwei Jahren jemand erzählt hätte, dass ich mir mal ein Football-Training anschauen würde, ich hätte ihn ausgelacht. Tja. Danke, Shawn.

Ich hatte mich weiter hinten auf die Tribüne gesetzt, weil die vordere Reihe durch die Jacobs-Zwillinge und ihre Freundinnen besetzt war. Groupies. Wo die Mannschaft der *Penn Quakers* spielte, waren die Mädchen nicht weit. Die Zwillinge studierten auch an der Penn-Almanac-Uni. Wir belegten sogar einen Kurs zusammen, aber Shawn kannte sie deutlich besser als ich. Er war mit beiden im Bett gewesen. Gleichzeitig. Ich kannte keine Details, damit hatte Shawn mich Gott sei Dank verschont, aber mir reichte schon das Wissen, dass seine Zunge in ihren Körperöffnungen gesteckt hatte. Und damit meinte ich nicht nur ihre Münder. *Würg …*

Ich war wirklich nicht prüde. Feste Beziehungen hatte ich zwar nur eine vor Jahren gehabt und die Affären konnte ich an einer Hand abzählen, aber ich besaß Fantasie, und die nicht zu knapp. Aber es ging hier um Shawn. Meinen Shawn. Ich wollte mir nicht vorstellen, wie er andere Mädchen mit seinen wunderschönen Lippen verwöhnte oder seine langen, schlanken Finger über ihre Rundungen wandern ließ, bis sie sehnsüchtig wimmerten und nach mehr verlangten …

Trainer Campbell brüllte eine Anweisung und riss mich damit aus meinen unkeuschen Gedanken. Ich atmete tief durch und presste die Knie zusammen, um das Pochen dazwischen zu kontrollieren. Die Mannschaft teilte sich auf, um zwei Teams zu bilden. Ein Pfiff und das Spiel begann. Eric Mitchell, der *Power Forward* der *Penn Quakers,* spielte Shawn den Ball zu. Er bewegte sich kraftvoll und geschmeidig wie ein Tiger auf der Jagd, als er ausholte und den Ball über das Spielfeld warf. Es kam mehr Bewegung in die Mannschaft, aber kein Spieler konnte Shawn stoppen. Mit seinen langen Beinen spurtete er über den Rasen. Die Groupies gackerten aufgeregt und sprangen von den Sitzen auf. Ein Kreischkonzert brach los, als Shawn den Ball mit einem sensationellen Wurf in die Luft beförderte und dieser die gegnerische Endzone überflog. Shawn hatte mal eben so einen Touchdown hingelegt.

»Wow«, entfuhr es mir ehrfürchtig.

Shawn klatschte mit seinem Freund Eric ab und kehrte zur Mitte des Spielfeldes zurück.

»Lily? Bist du das wirklich?«

Ich brauchte einen Moment, um zu registrieren, dass ich gemeint war. Blinzelnd wandte ich mich Chase zu, der im Mittelgang stand und mich ansah. Er hätte der Zwillingsbruder von Leonardo DiCaprio sein können, nur ein paar Jahre jünger und etliche Zentimeter größer. Chase war *Running Back* der *Penn Quakers,* nur hatte er gerade den Arm in Gips.

»Live und in Farbe«, antwortete ich lächelnd.

»Unglaublich!« Er schlängelte sich zwischen den leeren

Sitzen bis zu mir durch und blieb mit seinem Astralkörper vor mir stehen. »Du siehst toll aus.«

»Danke«, murmelte ich und errötete prompt.

Er setzte sich neben mich. Sofort wurde der Geruch nach teurem Aftershave stärker.

»Die Haare sind kürzer, richtig?«

Ich nickte.

»Pfiffig. Und die hellen Strähnen darin – echt toll.« Er legte den Kopf schräg. »Die Brille ist auch verschwunden.«

»Ich trage jetzt Kontaktlinsen«, sagte ich geschmeichelt. Das war allerdings nicht Shawns Idee gewesen, sondern Sarahs. Als Shawn mich endlich von dem Shoppingmarathon erlöst und zu Hause abgesetzt hatte, war Sarah erst zur Salzsäule erstarrt und hatte dann einen beeindruckten Pfiff ausgestoßen. Anschließend sprühte sie vor Tatendrang. Leider. Als sie darauf bestand, mir den letzten Schliff zu verleihen, was immer das heißen mochte, konnte ich ihre Euphorie nicht bremsen. Eigentlich hatte ich genug vom Umstylen. Nachdem Shawn und Luigi mich in die Mangel genommen hatten, fühlte ich mich wie Sandra Bullock, die in *Miss Undercover* eine Wandlung um hundertachtzig Grad über sich hatte ergehen lassen müssen. Ich war müde und genervt. Shawn hatte sich zum Schluss irgendwie komisch benommen, aber als ich ihn darauf angesprochen hatte, hatte er so getan, als würde ich halluzinieren.

Als ich schlussendlich neben Sarah in den Spiegel schaute, musste ich zugeben, dass ich richtig hübsch aussah. Ich war noch Lily St. James, aber eine viel modernere Version von ihr.

»Deinen neuen Look sollten wir feiern.« Chase betrachtete mich wie eine köstliche Süßigkeit, die er gerne verspeisen würde. Ich schielte zu seinem gesunden

Arm, den er wie zufällig über meine Lehne drapiert hatte.

»Wir?«

»Du und ich. Auf der Party der *Kappa Alphas* morgen Abend?«

Um ein Haar wäre mir die Kinnlade runtergeklappt. »Auf die Verbindungsparty dürfen nur eingeladene Gäste. Zu denen gehöre ich nicht.«

»Ich bin eingeladen und habe eine Begleitung frei.« Er zwinkerte mir zu. Ich biss mir auf die Unterlippe.

»Ich weiß nicht …«

Chase war ein Schwerenöter. Wie Shawn legte er alles flach, was bei drei nicht auf dem Baum war. Ich hatte keine Lust, eine weitere Kerbe in seinem Bettpfosten zu werden. Andererseits musste ich es ja nicht so weit kommen lassen. Und überhaupt – ich sollte in sein Verhalten nicht zu viel hineininterpretieren. Immerhin war ich Shawns beste Freundin und nur, weil ich mein Äußeres ein wenig gepusht hatte, würde Chase nicht gleich über mich herfallen. Ich war noch nie auf einer Verbindungsparty gewesen, aber ich stellte mir das sehr lustig vor. Ich wäre blöd, wenn ich mir die Chance entgehen lassen würde.

»Also schön. Warum …«

»Auf keinen Fall!«, fuhr mir jemand jäh dazwischen. Chase und ich rissen die Köpfe herum und sahen zu Shawn. Er stand in voller Trainingsmontur breitbeinig im Mittelgang der Tribüne und wirkte wie der Rächer persönlich. Ich schielte zum leeren Spielfeld. Offenbar hatte das Training geendet, auch die Groupies waren verschwunden.

Shawn hatte den Helm abgenommen, verschwitzte Strähnen klebten an seiner hohen Stirn. Sein vor Wut blitzender Blick nagelte Chase fest.

»Was ist dein Problem, Mann?«, fragte Chase irritiert.

Shawn schloss zu uns auf und blieb dicht vor seinem Mannschaftskollegen stehen. »*Du* bist mein Problem.«

Chase runzelte die Stirn.

»Tu nicht so blöd«, fuhr Shawn ihn an und nickte zu mir. »Du baggerst sie an!«

»*Sie* hat einen Namen«, brummte ich. Shawn ignorierte den Kommentar. Er war voll und ganz auf Chase konzentriert, der jetzt aufstand. Beide Männer waren gleich groß und funkelten einander herausfordernd an.

»Ich habe Lily auf eine Party eingeladen. Nicht mehr und nicht weniger.«

»Auf der du sie befummeln und danach abschleppen wolltest. Glaubst du, ich weiß nicht, wie das läuft?«

»Bist du jetzt unter die Hellseher gegangen?«

»Tu nicht so, als würde es dieses Mal anders sein«, blaffte Shawn. »Lily ist meine beste Freundin und unter Teamkollegen sind beste Freundinnen nun mal tabu für belangloses Rummachen!«

»Sagt wer?«

»Ich sage das!«

Mein Blick schoss zwischen den Streithähnen umher wie ein Flummi.

»Vielleicht habe ich ja ernste Absichten bei ihr?«

Ich riss den Kopf herum und sah Chase überrascht an, unsicher, ob er das ernst gemeint hatte.

Shawns Antwort bestand aus einem ungläubigen Schnauben.

»Du musst es ja wissen«, ätzte Chase. »Als ob du je ehrbare Absichten bei einer Frau gehabt hättest.«

Ein Schatten huschte über Shawns attraktives Gesicht.

»Ähm … falls ihr es vergessen haben solltet: ich stehe genau neben euch«, mischte ich mich ein. Ich hasste es, wie Luft behandelt zu werden. Was war denn plötzlich los mit Shawn? Erst sein merkwürdiges Verhalten bei unserem Shoppingtrip und jetzt das? »Ich treffe meine eigenen Entscheidungen, Shawn«, stellte ich klar.

Er betrachtet mich von Kopf bis Fuß. Dann seufzte er tief. »Na schön. Du kannst mit mir zu der Party gehen.«

Bestimmt war es nicht so gönnerhaft gemeint, wie es klang. Dennoch. Ich wusste nicht, ob ich lachen oder ihm eine reinhauen sollte.

»Du bist mit der Kleinen aus dem Coffeeshop verabredet«, erinnerte Chase ihn mit einem diabolischen Lächeln. »Du weißt schon, die mit den großen Titten, von denen du mir vorgeschwärmt hast.«

Shawn presste die Lippen zusammen. »Ich sage ihr ab. Lily geht vor.«

Mein Puls explodierte. »Wie großzügig!«, feuerte ich und verschränkte die Arme vor der Brust. »Den Tag streiche ich mir rot im Kalender an.«

Shawn hatte mich anfangs noch gefragt, ob ich ihn auf Partys begleiten wollte, aber ich lehnte immer ab. Irgendwann fragte er nicht mehr. Okay, ich war selbst schuld. Aber dass er jetzt, unter diesen Umständen, wieder damit anfing und auch nur, weil er mir den Spaß mit Chase nicht gönnte, tat weh. Sehr weh.

»Chase?«, sagte ich betont ruhig. »Wann holst du mich ab?«

Er grinste bis zu den Ohren. »Gegen acht? Gib mir deine Nummer, nur für alle Fälle.«

Ich tippte sie in sein Handy ein, während Shawn neben uns kochte.

»Ich geh dann mal«, sagte Chase in die Runde und hob die Hand zum Abschied. »Mir scheint, hier besteht noch Klärungsbedarf. Bis morgen, Lily. Ich freue mich.«

Ich schenkte ihm ein Lächeln, als er von der Tribüne ging.

»Was soll der Scheiß?«, wollte Shawn wissen, sobald Chase außer Hörweite war.

»Ist das dein Ernst?« Ich schubste ihn mit der flachen Hand gegen die Brust. Shawn wankte nicht mal. »Seit gestern benimmst du dich komisch und tust so, als wäre nichts. Jetzt das hier!« Ich breitete die Arme aus und ließ sie gleich wieder sinken. »Und dann fragst du *mich,* was der Scheiß soll?« Gott, in den letzten zwei Jahren hatte ich ja viel mit diesem heißen Idioten erlebt, aber das hier schoss den Vogel wirklich ab. Er hatte sich noch nie so aufgeführt. Noch nie. Selbst zu diesem bescheuerten Speeddating, zu dem Sarah mich vor sechs Monaten überredet hatte und das ein totaler Reinfall geworden war, hatte Shawn mich ermutigt.

Er kniff sich in die Nasenwurzel. »Chase will dich nur flachlegen, Lily.«

»Und wenn schon! Hab ich nicht mal etwas Spaß verdient?«

Shawn schwieg. Das fachte meine Wut nur an.

»Ah, verstehe. Was für dich gilt, gilt nicht für mich, was? Du bist der tolle Hecht und ich werde gleich zur Schlampe, wenn ich mich flachlegen lasse.«

»Das habe ich nicht gesagt«, presste er hervor.

»Aber gedacht.«

Er wollte etwas erwidern, aber ich fuhr herum und marschierte los. Bloß weg hier! Bevor ich noch etwas sagte, das ich später bereuen würde.

»Lily!«

Ich lief weiter, aber Shawn rief erneut nach mir.

Ach, verdammt.

»Was? Muss ich das für euch auch noch mal wiederholen?«, rief ich aufgebracht.

Kollektives Kopfschütteln.

Gut.

Ich lief zu Eric, der mein, pardon, *sein* Shampoo immer noch festhielt.

»Alles klar?«, fragte er stirnrunzelnd.

»Natürlich«, antwortete ich und fühlte mich tatsächlich etwas besser. Wobei ... nein. Besser fühlte ich mich nicht. Dass die beiden Flachwichser immer noch stöhnend auf dem Boden lagen, ja ... das war besser. Aber mit meiner Stimmung hatte das nichts zu tun.

Eric schaute zu Mike und Finnigan. Er wusste, dass sie fällig gewesen waren. Für dämliche Ersatzspieler waren ihre Sprüche oft zu viel des Guten, auch wenn sie sonst in Ordnung waren. Aber über Lily so eine verdammte Scheiße labern? *No way.*

»Na, wenn du meinst ...«

»Was zum Teufel ist hier los?«, brüllte plötzlich der Coach durch den Raum.

Ich verdrehte die Augen. *Das hat mir noch gefehlt.*

Zehn Minuten später fand ich mich in seinem Büro wieder. Okay, es war eher eine kleine Abstellkammer mit viel zu viel Kram drin. Unser Coach hielt so viel von Ordnung wie von einer neuen Frisur: nichts. Er war ein eins siebzig großer, grauhaariger alter Bock, der uns Uniboys die Leviten lesen wollte. Gut, er hatte gleich mehrmals bewiesen, dass er es konnte. Wenn ich an die 20-Meilen-Route letzten Monat dachte, bei der sich unser bester *Fullback* Woody vollgekotzt hatte, wurde mir immer noch ganz anders. Und Coach Campbell hatte die Route nur angesetzt, weil ihm, so Zitat: »Ein paar Gesichter heute nicht gefallen« hatten.

Seitdem kamen einige nur noch mit gesenktem Kopf zum Training.

»Was hast du dir dabei gedacht, Frady? Du kannst nicht einfach auf deine Teamkollegen losgehen!«, brüllte er mich an.

Er wollte eine Entschuldigung. Nur war es so … Darauf hatte ich absolut keinen Bock. Der Coach wusste es, ich wusste es. Und wäre ich nicht einer der besten Spieler und klar gesetzt, um diese verdammte Meisterschaft zu holen, wäre ich längst draußen. Aber es würde nicht mehr lange gut gehen. Der Coach war zu hungrig nach Erfolg und ich hatte keinen Bock, ständig für alles herzuhalten, wenn es nicht so lief.

»Sorry, Coach, aber …«

Campbell stützte sich mit den Händen auf seinem Schreibtisch ab und begann, mich mit diesem irren Blick anzusehen. *Fuck.* Den kannte ich zu Genüge. »Ich habe keinen Bock, dass eure Scheiße mir die Show vermasselt! Wir wollen die Meisterschaft gewinnen! Oder nicht?«

»Ja, aber …«

»Nichts aber. Worum es auch ging, krieg den Scheiß geregelt, oder der nächsten Meilenlauf geht auf deine Rechnung!«

Als ich am nächsten Abend die Hütte der *Kappa Alphas* betrat, war die Party im vollen Gange. Wenn Eric mich vorhin nicht dran erinnert hätte, säße ich immer noch zu Hause und würde den Abend allein verbringen. Das war mir noch nie passiert. Eine Party vergessen.

Irgendso eine Barbiepuppe – das enge Kleid und die platinblonden Haare waren übertrieben genug – sprach mich an. Ich ignorierte das explizite Angebot, mit ihr in eins der Schlafzimmer zu verschwinden, und suchte die Bar, aber weit kam ich nicht. Kurz vor dem Wohnzimmer fingen mich zwei weitere Mädels ab. Minirock, bauchfreies Top und ein Grinsen, das eindeutiger nicht aussehen konnte.

Quarterback zu sein, ist schon schwer.

Mir war klar, dass die Kleine aus dem Coffeeshop nur darauf wartete, dass wir mal was miteinander machten. Aber die Lust, das in die Tat umzusetzen, war einfach nicht mehr da.

Ich sammelte Angebot Nummer zwei und drei ein, doch auch das interessierte mich gerade wenig, musste ich zugeben. Ich ließ meinen Blick über grüßende Teamkollegen und winkende, verflossene One-Night-Stands wandern und schaute mich nach zwei mir bekannten Augen um. Vor dem Wintergarten des Hauses wurde ich fündig und runzelte die Stirn. Da war Lily, Chase neben ihr. Aber das war nicht mein einziges Problem.

Lily trug ein Kleid. Ein Minikleid! Lily St. James, die ständig an sich herumnörgelte, zeigte Bein! Das tief ausgeschnittene Kleid, das im Duden auch unter dem Wort »nichts« gelistet werden konnte, stand ihr gut. Zu gut. Nur Sarah konnte ihr so einen Scheiß andrehen. Aber warum steckte sie Lily in ihre Klamotten, wenn sie mit diesem Penner Chase auf einer Party auftauchte?

Ich konnte es nicht fassen! Mochte sie Chase wirklich? Was zum Teufel hatte dieser einarmige Wichser, was ich nicht hatte?

Lily lachte über etwas, das Chase gesagt hatte. Sie berührte ihn sogar dabei. Ich knirschte mit den Zähnen und ballte die Fäuste, bevor ich sie ruckartig wieder löste.

Fuck. Was zum Teufel tat ich hier? Wie so ein Stalker

starrte ich meine beste Freundin an, während sie mit meinem Teamkollegen flirtete. Chase. Der nichts anbrennen ließ.

Scheiße. Ich erinnerte mich noch gut an diese eine Nacht, in der Chase total Bock auf Rudelbumsen hatte. Gut, erst war ich nicht abgeneigt, weil diese norwegischen Austauschschülerinnen echt heiß waren. Aber so ein bisschen Verstand besaß ich dann doch noch und blies die Sache ab. Der Kerl hatte sich irgendeinen anderen Idioten geholt und die Scheiße – wie so oft – durchgezogen. Das Ende vom Lied: Die Miezen waren innerhalb von 48 Stunden heulend in den Flieger zurück nach Norwegen gestiegen, weil Chase ihnen das Blaue vom Himmel gelogen und sonst was mit ihnen angestellt hatte.

Chase war nichts für Lily. Er war nicht gut genug für sie.

Bevor ich mir weiter die Birne darüber zermartern würde, musste ich das ein für alle Mal klären. Und zwar sofort.

KAPITEL 7

LILY

»Bin gleich zurück. Ich besorg uns nur schnell zwei Drinks.«

Bevor ich protestieren konnte, war Chase schon in der tanzenden Menge verschwunden und ließ mich allein im Wohnzimmer der *Alpha Kappas* zurück. Bis auf eine Bar und zwei Stehtische befanden sich keine Möbel darin und das war auch gut so, denn die Verbindungsstudenten und ihre Gäste füllten den Raum durch ihre bloße Anwesenheit schon genug aus. Und durch ihr riesiges Ego natürlich. Überall standen Grüppchen zusammen und unterhielten sich angeregt. Zwei aufgepimpte Mädchen drängelten sich an mir vorbei, die Blonde warf dabei ihre Löwenmähne zurück wie ein Rockstar vor Publikum. Wäre ich nicht rechtzeitig ausgewichen, hätte sie mich voll erwischt. Statt sich zu entschuldigen, zuckte sie nur lässig die Schultern.

Ja, du mich auch.

Ich vermisste Shawn. Seit unserem Streit gestern herrschte Funkstille zwischen uns. Ich hatte kein Problem damit, meine Meinung zu vertreten, aber das, was Shawn sich geleistet hatte, ging einfach gar nicht. Außerdem ärgerte mich sein untypisches Verhalten so sehr! Shawn mochte Chase. Sie waren Teamkollegen. Im Ernst, für einen One-Night-Stand war ich nicht der Typ, das wusste er doch. Und selbst wenn – Chase war nicht lebensmüde. Er würde den Ehrenkodex nie verletzen, der besagte, dass beste Freundinnen von Teamkollegen für flüchtige Bettgeschichten tabu waren. Warum also führte Shawn sich wie ein Neandertaler auf?

Ich beobachtete Chase, der an der Bar mit einem gut gebauten Typen sprach, als sich etwas Glitzerndes, nach Erdbeeren Duftendes neben mich stellte. Als ich zur Seite sah, blickte ich in zwei mit schwarzem Kajal umrahmte, babyblaue Augen, die mich von oben herab musterten. Jessica Parker blies eine pinke Kaugummiblase auf und ließ sie platzen. Ihr mit Pailletten besticktes Top war so tief ausgeschnitten, dass ihr Doppel-D-Körbchen beinahe heraushüpfte. Der knappe Schnitt passte zu den Shorts. Die endeten nämlich knapp über ihrem melonenrunden Hintern. Ich spielte mit dem Gedanken, den Bauch einzuziehen, ließ es dann aber bleiben. Neben so einer Modelfigur machten ein paar Speckröllchen mehr oder weniger den Kohl auch nicht fett.

»Lily. Hätte nicht gedacht, dich auf einer dieser Partys zu treffen. Dachte, du amüsierst dich lieber mit deinen Büchern.« Ihre Stimme klang selbst über den Dancefloorbeat rauchig und verrucht.

Ich lehnte mich mit dem Rücken gegen das Glas des Wintergartens und versuchte, lässig zu wirken. In Wirklichkeit wünschte ich, Chase wäre schon zurück. »Partys waren bisher nicht so mein Ding.«

»Und jetzt sind sie es?«

»Ich probiere gerade ein bisschen herum, was mir gefällt.«

»Sehe ich. Ich meine, du hast ja eine ganz schön steile Wandlung hingelegt. Optisch.« Sie spitzte die mit rosa Gloss bepinselten Lippen. »Dieses Outfit allein ist so …« Sie verengte die schmalen Augen zu Schlitzen und musterte mein tief ausgeschnittenes, nachtblaues Minikleid. Ihr Blick verweilte kurz bei meinen hohen Peeptoes, bis er wieder in meinem geschminkten Gesicht ankam.

»Spuck's schon aus, Jessica. Bevor du dir die Zunge verknotest.« Ich klang genervt und das war ich auch. Ich kannte Jessica nicht sonderlich gut. Wir lebten in verschiedenen Welten. Ich gehörte eher zur langweiligen Nerd-Fraktion und sie zur beliebten Cheerleader-Riege, womit sie eines der Mädchen war, die sich alles auf dem Campus leisten konnte. Vermutlich unterhielt sie sich auch nur deshalb mit mir, weil ich als Shawns *best buddy* einen gewissen Ruf genoss.

»Es ist ziemlich aufreizend.«

»Und?«

Sie strich sich eine blonde Korkenzieherlocke hinters Ohr. »Für gewöhnlich trägst du eher das andere Extrem.«

Ich sah sie nur fragend an.

»Diesen Öko-Look eben.«

Das wurde mir jetzt wirklich zu blöd.

»Du bist doch nicht hier, um Konversation zu betreiben. Was willst du wirklich?«

Ihr Blick huschte zu einer Gruppe Studentinnen, die zu uns sahen. Eine kleine Brünette in schwarzem Neckholderkleid, mit dem sie gleich auch einen Porno drehen könnte, beobachtete uns besonders intensiv. »Ist das mit Chase und dir etwas Ernstes?«, rückte Jessica schließlich mit der Sprache heraus. »Ich meine, er wäre wohl kaum so bescheuert, einen Teamkollegen zu verärgern, weil er sein

Anhängsel … ähm … seine Freundin, flachgelegt hat, wenn nicht mehr dahinterstecken würde. Oder?«

Ach, daher wehte der Wind. Ich kniff die Augen zusammen. »Der abgebrochene Meter da drüben ist scharf auf Chase und hat dich vorgeschickt, um mir auf den Zahn zu fühlen?« Wie armselig war das denn?

»Was?« Jessica schnappte nach Luft. »Blödsinn. Also, ich wollte nur …« Sie sah überall hin, nur nicht zu mir.

Ich seufzte. »Wenn sie wissen will, ob Chase heute Nacht allein schläft, dann soll sie ihn fragen.«

Jessica klappte die Kinnlade runter. »Also stimmen die Gerüchte.«

»Welche Gerüchte?«

»Dass ihr was am Laufen habt.«

Ich holte tief Luft. *Sei nett, Lily. Keine Szene auf einer Party*. Die Verbindungsstudenten, die sich eben noch angeregt ein paar Schritte entfernt von mir unterhalten hatten, waren verstummt. Sie sahen nicht in unsere Richtung, aber das brauchten sie auch nicht. Mir war klar, dass ihre Ohren groß wie Rhabarberblätter waren, um etwas aufzuschnappen, was sie später weitertratschen konnten.

»Keinen blassen Schimmer, wovon du redest«, sagte ich ehrlich. Ich senkte die Stimme und blieb so höflich wie möglich, aber Jessica musste kapieren, dass sie eine Grenze überschritt. »Mit wem ich wann schlafe und ob Chase einer dieser Männer ist, geht dich und deine Truppe einen feuchten Dreck an. Vielleicht ist das schwer zu verkraften, aber ihr Campus-Bunnys seid nicht der Nabel der Welt. Ab und an kommt es vor, dass Normalsterbliche wie ich bei den *Hotties* höher im Kurs stehen.«

Damit hatte ich ziemlich dick aufgetragen, war aber zumindest freundlich geblieben. Und offenbar war ich auch überzeugend.

»Er wird dir das Herz brechen«, zischte Jessica. »Diese Footballspieler brechen allen Mädchen früher oder später das Herz. Du glaubst, da stecken echte Gefühle hinter? Pah!«, rief sie schnaubend. »Männer wie Chase wollen keine Klette am Bein, die mit ihnen Händchen hält und eine Tüte Popcorn im Kino teilt. Sie sind Stars! Ein Fingerschnipsen und zehn Frauen lassen ihr Höschen gleichzeitig für sie fallen. Aus diesem Holz bist du nicht geschnitzt. Zähl die Stunden, bis Chase dein Herz aus deiner Brust reißt und darauf herumtrampelt. Dann lässt er es liegen und zieht weiter, als hättest du nie existiert.«

»Wow. Deine Freundin muss es echt erwischt haben, wenn ihre Eifersucht so auf dich abgefärbt hat.«

Jessicas Wangen färbten sich rot. »Tu nicht so überheblich! Glaubst du, du bist etwas Besseres, weil Shawn sich mit dir abgibt?«

»Er gibt sich nicht mit mir ab«, sagte ich mit einer Ruhe, über die ich sonst nicht verfügte. »Du würdest echte Freundschaft nicht mal erkennen, wenn sie dich in deinen knochigen Hintern treten würde.«

»Wenn du meinst.« Sie lächelte listig. »Vielleicht hast du recht, vielleicht aber auch nicht.«

Ich bekam eine Gänsehaut. Sie hatte einen wunden Punkt getroffen. Mir war sonnenklar, dass ich von Shawn abhängiger war als er von mir. Würde er sich morgen dazu entschließen, unsere Freundschaft zu beenden, hätte er am nächsten Tag Ersatz. Ich hingegen wäre allein.

»Ich denke, du solltest jetzt gehen, Jessica.«

»Weil du die Wahrheit nicht vertragen kannst?«

»Nein. Weil ich nicht streiten will. Ich bin hergekommen, um einen netten Abend zu verbringen.« Ich nickte zu ihren Freundinnen, die uns anstarrten, als hätte ich Hepatitis C und würde Jessica durch meine feuchte Aussprache infizieren. »Geh einfach. Damit ist uns beiden geholfen.«

Sie stieß die Luft aus und wandte sich von mir ab. Bevor sie ging, sah sie noch mal über die Schulter. »Männer wie Chase oder Shawn sind nicht mit Frauen wie *dir* zusammen. Neue Klamotten, neue Frisur und ein hübsches Make-up ändern nichts daran, wer du bist. Ein Niemand«, sagte sie kalt, bevor sie endgültig verschwand.

Meine Brust zog sich weiter zusammen. Ich ballte die Fäuste.

Diese Party war eine blöde Idee. Nein, eine saublöde! Ich sollte gehen. Sofort!

»Hey, alles okay?« Chase trat neben mich. Ich hatte ihn nicht kommen sehen und zuckte erschrocken zusammen.

»Ja, nein. Ähm ...«

»Ähm?« Er lächelte mich an und reichte mir einen Becher. »Ich habe dich länger als geplant allein gelassen. Tut mir leid. Ein Teamkollege hat mich aufgehalten, er wollte unbedingt über das heutige Training sprechen. Ich saß auf der Tribüne und na ja ...« Er verdrehte die Augen. »Meine Meinung war ihm eben wichtig. Vielleicht kann der Drink meine Verfehlung wiedergutmachen. Spezialrezept des Hauses.« Er zwinkerte mir zu und ich musste schmunzeln. Sein Lächeln war wirklich entwaffnend und das wusste er, daran bestand kein Zweifel. Überhaupt sah er wirklich gut aus. Die dunklen Locken fielen verwegen um sein kantiges Gesicht und seine wachen, grauen Augen bewiesen, dass er keine sportliche Hohlbirne war. Kein Wunder, dass die Frauen auf ihn standen. Warum wirkte er nicht auch auf mich so? Kein Bauchkribbeln, keine feuchten Hände, wenn er neben mir stand. Nichts.

Aber ich genoss seine Gesellschaft. Und jetzt, da ich nicht mehr allein war, fühlte ich mich gleich besser. Ich nahm ihm den Becher ab. Keine Ahnung, was darin war, aber obendrauf schwammen Früchte.

»Bowle«, klärte Chase mich auf. »Ich dachte, damit mache ich nichts falsch.« Er nippte an seinem Bier. Ich probierte meine Bowle. »Wie viel Gift hat Jessica verspritzt? Musst du nach der Party in Quarantäne?«

Ich hustete Bowle. »Das kannst du unmöglich gehört haben.«

Er deutete mit seiner Flasche zu den Jungs, die vorhin neben mir und Jessica gestanden hatten und sich jetzt laut lachend an der Bar tummelten. »Die drei waren recht mitteilsam.«

»Na toll. Dann bin ich ja gleich Gesprächsthema Nummer eins.«

»Bist du ohnehin.«

»Ach?«

»Du gehörst zu Shawn, nicht zu mir. Das wirft Fragen auf.«

Ich verdrehte die Augen. »Habe ich schon mitbekommen. Vermutlich bastelt die Brünette schon heimlich eine Voodoo-Puppe mit meinem Namen darauf, in die sie dann Nadeln rammen kann.«

Chase lachte. »Die Wahrscheinlichkeit ist hoch, das gebe ich zu.«

»Das ist nicht lustig! Warum denkt sie, dass zwischen uns etwas läuft? Du hast mich gestern erst gefragt, ob ich dich begleite und *ich* habe geschwiegen wie ein Grab.«

Ich sah ihn herausfordernd an.

Chase hob beschwichtigend die freie Hand. »Unschuldig! Aber wir saßen auf der Tribüne. Vielleicht haben sich ein paar Jungs aus dem Team einen Spaß daraus gemacht und die Sache gepusht.«

Ich stöhnte auf.

»Ich kümmere mich darum«, versprach er. »Dein Ruf ist nach diesem Abend auf keinen Fall ruiniert. Es sei denn, du willst, dass ich ihn ruiniere?«

Ich ignorierte sein träges Lächeln und schüttelte entschieden den Kopf. »Erzähl mir lieber, was du angestellt hast. Die Brünette da hinten erdolcht mich mit ihren Blicken, seit wir angekommen sind. Oh, jetzt schießt sie auch noch Giftpfeile ab. Und sieh nicht hin, sie beobachtet uns.«

»Abigail Thomas«, murmelte Chase seufzend, ohne zu der Gruppe zu sehen.

»Du kennst zumindest ihren Namen. Ist ein gutes Zeichen«, scherzte ich trocken. »Hast du ihr im Suff einen Antrag gemacht und sie dann morgens mit einer Notiz auf dem Kopfkissen sitzen lassen?«

»Notiz? Nein! Wir Sportasse können nicht schreiben. Weißt du doch.«

»Ha, ha. Nun sag schon.«

Chase verdrehte die Augen. »Sie belegt mit mir Geschichte. Wir hatten letztes Jahr was miteinander und haben uns ein paar Mal getroffen. Jetzt denkt sie, sie hätte ein Exklusivrecht auf mich.«

»Du hast die eiserne Regel gebrochen?« Ich sah in mein Glas und versuchte, eine Erdbeere mit dem Holzspieß zu erwischen.

»Welche eiserne Regel?«

»Einen One-Night-Stand nie zu einer Affäre auszubauen.«

»Das ist Shawns Regel, nicht meine«, erklärte er schlicht. »Ich hatte bislang noch keine festen Beziehungen, weil mir die richtige Frau noch nicht über den Weg gelaufen ist.«

Dummerweise blickte ich just in dem Moment auf.

Dumm deshalb, weil Chase mich ansah, als hätten die Worte eine tiefere Bedeutung. Da ich nicht wusste, was ich darauf antworten sollte, schob ich mir die zuvor aufgespießte Erdbeere in den Mund.

»Und was ist mit dir, Lily? Mr. Right schon in Sicht?«

Dünnes Eis, Lily. Sehr dünnes Eis.

Ich schluckte. »Nö. Ich konzentriere mich gerade darauf, einen Job klarzumachen, den gefühlt tausend andere auch haben wollen. Da haben Männer keinen Platz.«

»Der richtige Mann unterstützt dich in deinem Vorhaben und bremst dich nicht aus.«

Klar. Shawn hatte mir ja toll geholfen. Erst konnte er sich kaum bremsen, mich optisch zu verwandeln, und dann war er zum Kotzbrocken mutiert. Stopp mal … hieß das, er wäre nicht der richtige Mann für mich? Warum dachte ich das überhaupt? Es war ja nicht so, als würde eine reelle Chance bestehen, dass Shawn jemals mehr für mich empfand als Freundschaft. Er hatte oft genug betont, dass es nur deshalb so gut mit uns klappte, weil ich keins seiner Mädchen war.

Als hätte er gespürt, dass ich an ihn dachte, trat in diesem Moment Shawn ins Wohnzimmer. Verdammt, er sah absolut umwerfend aus. Wie immer eigentlich. Aber wenn ich ihn heimlich zu Hause anschmachtete, fiel es niemandem auf. Hier schon.

Cool bleiben, Lily.

Zu meinem Erstaunen war er allein. Wo war sein Date? Ich glaubte nicht, dass er eine Absage kassiert hatte. Die Studentinnen rissen sich doch um ihn wie Hyänen um ein Stück Fleisch. Er sah sich um, als suchte er jemanden. Mich? Die Hoffnung starb bekanntlich zuletzt, aber bevor er in meine Richtung sehen konnte, wurde er von zwei

Mädchen in Miniröcken und bauchfreien Tops angesprochen, die mit klimpernden Wimpern und albernem Gehabe sofort seine Aufmerksamkeit fesselten. Ich spürte einen Stich in der Brust, verdrängte den Schmerz aber. Darin war ich schließlich geübt.

»Ihr habt meinetwegen gestritten. Das tut mir leid.« Chase war näher an mich herangetreten. Der Duft nach Zitrone und Leder, den ich vorhin schon schwach an ihm wahrgenommen hatte, verstärkte sich. Er bräuchte nur den Arm auszustrecken und könnte ihn um meine Schulter legen. Aber er tat es nicht. Er blieb, wo er war, und folgte meinem Blick. »Hat Shawn sich zumindest bei dir entschuldigt?«

»Nein«, sagte ich traurig.

Chase hob eine Braue. Ich zuckte die Schultern. »Ich finde ihn auch komisch. Seit Donnerstag benimmt er sich wie ein Volltrottel auf Drogen. Völlig irrational.«

»Was ist vorgestern passiert?«

Ich erzählte Chase die Kurzfassung von meinem misslungenen Bewerbungsgespräch und Shawns Vorschlag, wie wir die Kuh vom Eis holen wollten.

»Grundsätzlich keine schlechte Idee«, fand Chase.

»Grundsätzlich, ja. Aber irgendetwas ist schiefgelaufen.«

»Shawn hat gerade Stress mit dem Trainer.«

»Ach?« Davon hatte er gar nichts erwähnt.

»Ja, in der Mannschaft läuft einiges schief gerade. Die jüngeren Spieler sind gut, aber unerfahren. Der Spielfluss leidet darunter und das ist jetzt, in der entscheidenden Phase der Meisterschaft, mehr als schlecht. Shawn ist ein Kämpfer, der die Mannschaft um jeden Preis zum Sieg führen will. Schätze, er spürt, dass es dieses Mal danebengehen könnte, und das macht ihm zu schaffen. Der Coach und er geraten ständig aneinander wegen Strategien, die Shawn sinnlos findet, der Coach aber nicht. Wenn das so weitergeht, tritt der Ernstfall ein.«

»Der Ernstfall?«

»Shawn kommt auf die Ersatzbank.«

»Heilige Scheiße!«, rutschte es mir heraus.

»Jepp«, bestätigte Chase. »Aber so weit wird es nicht kommen. Ist Shawns letztes Jahr an der Uni, das wird er sich nicht nehmen lassen. Der Typ ist hart wie Granit, wenn es um Football geht. Shawn beißt die Zähne zusammen, bis die Saison vorbei ist, und wenn sein Kiefer dabei bricht.«

»Tolle Aussichten«, brummte ich.

»Wollte nur, dass du verstehst, warum er vielleicht etwas angespannt ist.«

Die Situation war heikel. An Shawns Stelle wäre ich auch genervt. Er tat mir leid, aber irgendwie war ich auch erleichtert. Das war eine plausible Erklärung für sein merkwürdiges Verhalten. Wenn ich so unter Spannung stehen würde, würde mein Ventil auch irgendwann platzen. Schade nur, dass Shawn nichts gesagt hatte. Wir erzählten uns doch sonst alles.

Chase nippte an seinem Bier und ich trank meine Bowle weiter, während wir das Balzverhalten der beiden Tussis an dem Star-Quarterback unserer Uni beobachteten. Mein ungutes Gefühl war einer Übelkeit gewichen. Die Musik wechselte von Dance zu einem Schmusesong. Als die Mädchen begannen, sich an Shawn zu reiben wie rollige Katzen am Kater, kam mir fast die Bowle hoch.

»Halt mal. Bin gleich zurück«, murmelte ich und drückte Chase den Becher in die Hand. Ich wartete seine Antwort nicht ab, sondern drängelte mich zur Treppe durch, die zum Glück weit entfernt von Shawn und den

Mädchen lag, und lief in den ersten Stock. Die Einzeltoiletten waren ein eindeutiger Vorteil von Verbindungshäusern im Gegensatz zu Clubs. Ernsthaft. Diese Räume waren prädestiniert dafür, seine Ruhe zu haben. Tür zu, Schlüssel rumdrehen – fertig. Keine blöden Fragen, warum du dich allein in einem Zimmer verschanzt. Ich holte tief Luft und trat vors Waschbecken. Meine Wangen glühten. Ich spritzte mir Wasser ins Gesicht, aber meine Hände zitterten weiter.

Also lehnte ich mich mit dem Rücken gegen die Wand, ließ den Kopf nach hinten sinken und schloss die Augen. Jetzt erinnerte ich mich wieder, warum ich Shawn nie auf Partys begleitete. Ich hatte mich sogar mit Händen und Füßen dagegen gewehrt, als er zu Beginn unserer Freundschaft mehrmals angeboten hatte, mich mitzunehmen. Nämlich deshalb. Weil ich mit ansehen musste, wie sich ihm willige Frauen an den Hals warfen.

Ich will eine dieser Frauen sein! Verdammt sollst du sein, Shawn, dass du diese Gefühle in mir weckst!

Warum tat ich mir das überhaupt an? Ich kramte in meinem Gehirn nach Antworten.

Shawn will Sex, aber nicht mit mir. Dafür habe ich das, was keine andere Frau mit ihm hat: eine innige Freundschaft. Mehr wird es aber nie werden. Reicht mir das?

Ich hatte mir diese Frage schon so oft gestellt und sie immer wieder verdrängt. Weil mir die Antwort nicht gefallen würde.

Ich öffnete die Augen und starrte an die Decke. Was wäre, wenn ich mich auf Chase einließe? Er hatte definitiv Interesse. Nicht nur an einer Freundschaft, sondern an mir als Frau. Und er schien gar nicht so übel zu sein, wie Shawn mir hatte weismachen wollen. Chase war nicht

Shawn, aber wenn ich ihn besser kennenlernte ... wer weiß, vielleicht verliebte ich mich dann in ihn?

Ich beschloss, dass die Zeit gekommen war, nicht nur mein Aussehen zu ändern, sondern auch meine Prioritäten zu verschieben. Ich beschloss, Chase nicht länger auf Abstand zu halten.

Entschlossen drehte ich den Schlüssel herum, riss die Tür auf und erstarrte. Vor mir stand Shawn.

KAPITEL 8

SHAWN

Das Fass war übergelaufen!

Nicht nur, dass Lily sich anscheinend köstlich mit Chase unterhalten hatte. Der Pisser durfte ihr sogar zur Hilfe kommen, als die kleine Bitch Jessica wieder mal ihre operierte Nase in Dinge steckte, die sie einen verfluchten Scheiß angingen.

Es war mein Job, Lily vor den Snobs der Uni zu beschützen. Mein Job!

Es regte mich so verdammt auf, dass ich einfach Ablenkung brauchte. Also hatte ich etwas selten Dämliches getan: Ich flirtete mit diesen verdammten *Kappa*-Bunnys, damit ich Chase keine Ansage machen konnte. Was sollte ich ihm auch sagen? Dass ich Lily viel besser zum Lachen bringen konnte? Vor allem wenn ich meine *Chewbacca*-Imitation spielte, konnte sie sich kaum halten. Einmal war sie dabei sogar lachend von der Couch gefallen.

Lily fand das mit den *Kappa*-Miezen nicht witzig. Das sagte mir ihr unverbesserliches Stirnrunzeln. Warum sollte sie auch? Ich ignorierte sie, um ihr zu beweisen, wie viel Spaß ich ohne sie haben konnte.

Fuck.

Es war kein Spaß. Ich fühlte mich beschissen. Da half keine Prügelei unter Teamkollegen, keine Party mitten in der Woche und vor allem halfen keine rolligen *Kappa*-Bräute, die mir praktisch alles anboten, was sich je ein Mann erträumen könnte. Mann, eine von denen jobbte über den Sommer als Zirkusartistin. Artistin! Sie konnte sich verbiegen wie eine Brezel, was beim Sex gewisse Stellungen möglich machte … Ziemlich heiße Sachen eben. Und es war mir scheißegal.

So scheißegal, dass ich Lily nach oben folgte und darauf wartete, dass sie endlich die Tür zum Badezimmer öffnete.

Das tat sie auch recht schnell. Lily stand vor mir und bekam tellergroße Augen vor Überraschung.

»Du konntest dich losreißen?«, war ihre erste Frage, bevor sie die Arme vor der Brust verschränkte und mich mit diesem vertraut angepissten Gesichtsausdruck anschaute, den ich ja so mochte.

Achtung, Ironie!

»Da wären wir schon zwei«, antwortete ich und wusste sofort, dass das die falsche Antwort war.

Sie schnaubte. »Das ist ja wieder mal typisch.«

»Wie meinen?«

»Na, du machst mit der halben weiblichen Studentenschaft rum und ich tue nichts weiter als …«

»Moment mal«, unterbrach ich sie. »Du tust nichts weiter? Darf ich dich daran erinnern, dass du mit Chase auf diese Party gegangen bist?«

»Großer Gott, du tust gerade so, als würde ich Stalin höchstpersönlich daten.«

»Also erst einmal ist Stalin mal gar nichts gegen Chase. Und du *datest* ihn nicht«, brachte ich hervor und ballte die

Fäuste. »Nicht Chase! Er benutzt dich nur, Lily. Er meint es nicht ernst und du bist zu schade für ex und hopp.«

Lily seufzte so eindringlich, dass ich fast nicht bemerkt hätte, wie ihre Schultern leicht absanken. »Shawn …«

»Ich will nur das Beste für dich«, erklärte ich mit ruhiger Stimme. »*Du* bist das Beste, da ist es normal, dass ich so jemanden wie Chase nicht neben dir sehen möchte. Er ist ein Kumpel, aber nur so lange, wie er sich von dir fernhält!«

Lily blickte mich unter diesen verdammt langen Wimpern an, die ich in den letzten zwei Jahren warum auch immer nicht beachtet hatte. Keine Ahnung, was sie gerade dachte. »Ich bin ein großes Mädchen. Er ist nett, ich mag ihn. Ich weiß nicht, ob Chase und ich … was werden können.«

Mein Instinkt sagte mir, dass ich das besser unkommentiert lassen sollte.

»Du musst einfach akzeptieren, dass ich meine eigenen Entscheidungen treffe«, fuhr sie fort. »Zum Beispiel entscheide ich, dass du mein bester Freund bist. Obwohl du manchmal echt arschig sein kannst.«

»Na, danke aber auch«, antwortete ich und sie lächelte.

Endlich! Lily konnte mich wieder anlächeln. Halleluja.

Sie lief an mir vorbei und lehnte sich über das Treppengelände. Ich folgte ihr und wir sahen zusammen ins Erdgeschoss hinunter.

»Warum hast du mir nicht gesagt, dass du aus dem Team fliegen könntest?«

Lilys Frage kam völlig überraschend. Umso überzeugter war ich, von wem sie diese Information hatte.

»Chase …« Ich biss mir auf die Innenseite meiner Wange. »Es ist nur halb so schlimm, wie du denkst. Der Coach hat ein bisschen rumgeschrien. Kennst ihn doch.

Vermutlich hat er zu Hause wieder mal nicht rangedurft.«

»Shawn.« Eindringlich sah sie mich an. »Du musst nichts herunterspielen.«

Ich verdrehte die Augen. »Chase übertreibt. Das macht er öfter.«

Sie ging gar nicht auf meinen Satz ein. Lieber sah sie mich mit diesem ernsten Gesichtsausdruck à la »Ich sehe es, wenn du ablenken willst, und das interessiert mich gerade recht wenig« an. Sie konnte das gut.

»Meine Güte, der Trainer wird mich nicht aus dem Team schmeißen. Ich bin zu gut.«

Sie verschränkte die Arme vor der Brust und hob damit ihren herrlichen Vorbau an. Meine Hose wurde noch enger, als sie ohnehin schon war. Schnell sah ich ihr wieder ins Gesicht.

»Hast du das nicht auch gesagt, als dein Dad herausgefunden hat, dass du das letzte Highschool-Jahr nicht schaffen könntest, weil du versehentlich Mrs. Schrober aus dem Geschichtskurs verführt hast und dabei vom Direx erwischt wurdest?«

»Ich erzähle dir nie wieder etwas im Suff«, murmelte ich verdrossen.

»Wenn du mal betrunken gewesen wärst«, erwiderte sie lächelnd, aber es erreichte nicht ihre Augen. »Du versuchst ständig, alles schönzureden, Shawn. Ist dir das mal aufgefallen?«

Musste sie immer so spitzfindig sein?

»Wenn ich eine Therapeutin bräuchte, würde ich mir eine suchen.«

»Beste Freunde sind Therapeuten, Shawn.«

Ich schnaubte, weil das wieder so typisch Lily war. Sie musste immer das letzte Wort haben. Auch wenn ich zugeben musste, dass mir diese Klugscheißerei gefiel. Hauptsache, sie redete überhaupt noch mit mir.

Plötzlich ließ uns ein Krachen zusammenzucken. Erschrocken spähten wir gleichzeitig übers Geländer ins Erdgeschoss. Phil, der Idiot, war in den Glastisch gekracht, zerbrach ihn in tausend Stücke, stand schwankend wieder auf und ließ sich von der Menge bejubeln.

»Phil, du Idiot!«, rief Lily hinunter.

Etliche Gäste blickten zu uns hoch, neugierig, wer das gesagt hatte. Und Lily legte noch mal nach.

»So willst du Cat zurückgewinnen? Reiß dich lieber zusammen, benimm dich wie ein halbwegs Erwachsener und kämpf um sie!«

Phil salutierte schwankend. »Ja, Ma'am.«

Alle jubelten.

Lily schüttelte seufzend den Kopf. »Er wird es nie lernen.«

Phil war ein Teamkollege und weil er wusste, wie gut Lily zuhören konnte, hatte er vor Wochen die Gelegenheit beim Schopfe gepackt und sich bei ihr ausgeheult … ähm, sie um Rat gefragt. Sonst gab es keine weiblichen Teammitglieder, die helfen könnten. Cat hatte nach zwei Jahren Beziehung mit ihm Schluss gemacht, ihr waren seine Sauftouren einfach zu viel geworden. Das Ende vom Lied war, dass Lily ihm eine heiße Schokolade machen musste und wir den Anfang vom neuesten *Guardians of the Galaxy*-Teil verpassten. Wir hatten ihn zwar schon im Kino gesehen, aber hier ging es ums Prinzip!

»Shaaawn!«

Genervt sah ich auf die Kleine, die mir vorhin am Eingang irgendetwas Versautes ins Ohr geflüstert hatte, hinunter. Oh. Jetzt erkannte ich sie als die Kleine aus dem Coffeeshop, mit der ich irgendwie verabredet gewesen war. Sie stand an der Treppe und stampfte tatsächlich mit einem Bein auf.

»Hat sie das wirklich gerade getan?«, fragte Lily belustigt.

Ich nickte grinsend. »Ich komm gleich. Such dir schon mal was zu trinken«, rief ich runter.

Grummelnd verzog sie sich.

»Und ein Salatblatt, an dem du den ganzen Abend knabbern kannst«, murmelte Lily neben mir.

Ich hob feixend eine Braue. »Hab ganz vergessen, wie fies du sein kannst.«

»Sagt der, der mir durch die Blume gesteckt hat, dass ein Schwerenöter wie Chase mich nicht mögen könnte.«

»Wow. Moment mal.« Ich lehnte mich zurück und sah sie stirnrunzelnd an. »So habe ich das nicht gemeint.«

»Ach, da habe ich aber …«

»Chase ist nicht der Richtige für dich, weil du etwas Besseres verdient hast. Und wenn du mal aufhören würdest, dir ständig einen Kopf über verrückte, wirklich sehr verrückte Dinge zu machen, würdest du das auch wissen. Chase würde nie deine wirklichen Qualitäten sehen. Mehr als ein schönes Gesicht und einen Knackhintern sieht er in dir nicht.«

Und du bist so viel mehr. Jeder Mann könnte sich glücklich schätzen, dich zur festen Freundin zu haben. Du verdienst einen Partner, der nicht durch die Gegend hurt wie Chase oder ich. Aber das sagte ich Lily nicht.

Sie legte den Kopf schräg und musterte mich. »Schönes Gesicht und Knackhintern?«

Ich runzelte die Stirn. Das hatte ich laut gesagt? Nun, wenn schon, denn schon. Es stimmte schließlich.

»Du bist schön. Und wie gesagt, wenn du aufhören würdest, zu denken, dass du nicht schön bist, wäre dein

Selbstbild auch um einiges realistischer. Sarah musste dich nicht erst in eine Sexbombe verwandeln, um dir das Gefühl zu geben, du wärst schön.«

Ungläubig sah Lily mich an. »Sexbombe? Warte … woher weißt du, dass Sarah …«

»Sarah ist die Einzige, die dich in dieses …« Ich deutete auf das dunkelblaue Kleid, bei dem wirklich kein Mann noch seine Fantasie bemühen musste. Ihre Kurven waren einfach …

»Sprich ruhig weiter, Shawn. Ich bin gespannt, was du zu sagen hast.« Lilys Augenbraue zuckte. Sie wirkte wütend. Verstand sie es nicht? Sie hatte keine Ahnung, wie sie auf Männer wirkte? Das beruhigte mich etwas und ließ mich wieder selbstsicherer werden. Frauen, die ihre Wirkung nicht kannten, waren immer ehrlicher.

»Deine optische Veränderung sollte dir zu einem Job verhelfen. Jetzt stehst du hier und sorgst in meinem Team für feuchte Träume.«

Mit offenem Mund starrte sie mich an.

»Du hast gefragt!«, erinnerte ich sie und wedelte hilflos mit den Händen.

Dahin war meine Selbstsicherheit.

Lily starrte mich weiterhin sprachlos an.

»Ich bin echt nicht gut in so was«, hörte ich mich erklärend hinzufügen. »Scheiße, Paul wäre gerade eine Hilfe.«

Paul, mein großer, nerviger Bruder, der vermutlich gerade wieder durch die Welt jettete. Der Penner hatte es wirklich geschafft, als Model in der Branche Fuß zu fassen. Er scheffelte Kohle ohne Ende, und wenn er neben »gut aussehen« noch etwas anderes konnte, dann reden. Scheiße, die Male, die er Lily schon von ihren Augen vorgeschwärmt hatte, konnte ich nicht mal mehr zählen.

»Paul? Ja, der würde mir ganz sicher nicht sagen, dass

ich nur fürs Bett gemacht bin«, spottete sie und seufzte dann verträumt. »Wann kommt er eigentlich wieder? Wo ist er gerade? Ach ja, die Fotostrecke in Südafrika für *GQ*, richtig?«

Sie zog mich auf, gab vor, für ihn zu schwärmen. Fast wäre ich darauf reingefallen.

»Er kommt her, wenn du ganz weit weg bist.« Ich lehnte mich wieder über das Geländer. Sie tat es mir gleich.

»Das letzte Mal hat er mir davon erzählt, dass er eure Eltern schon Jahre nicht mehr gesehen hat.«

Ach echt? Ich wollte jetzt nicht über *dieses* Thema mit ihr reden. Lily wusste, dass unser Verhältnis nicht das Beste war.

»Zwei Anwälte, die am liebsten sehen wollen, dass ihre Kids genauso skrupellos werden wie sie selbst? Und dann wird der eine Sohn Model und schwingt seinen selbstlosen Hintern zu jeder Charity-Veranstaltung der Welt? Nein. So etwas geht doch nicht!«, äffte ich meine Mutter nach. »Paul liebt seine Arbeit, aber unsere Erzeuger meinen, dass er sich trotz seines Erfolgs unter Wert verkauft. Du weißt das alles, Lilymaus. Wärm es nicht auf, weil du meinst, ich hätte wieder mal Redebedarf.«

Der bittere Zug um meine Lippen ließ sich bei dem Thema nie ganz verstecken. Vielleicht lag es aber auch an meinen angepissten Tonfall, dass Lily sofort verstand, wie ›wenig‹ es mich noch beschäftigte.

»Du lenkst schon wieder von dir ab.«

Ich runzelte die Stirn.

»Ich will nicht darüber reden, Lily. Meine Erzeuger sind tabu. Ich enttäusche sie doch so oder so.«

Was hatte ich schon Großartiges erreicht? Footballspielen an der Uni bedeutete nichts. Der Coach hatte schon recht, Ablenkungen waren nie gut. Es war mein Traum, groß rauszukommen und vom Footballspielen zu leben. Plan B war das Fitnessstudio, das gemeinsam mit Eric und Paul aufgebaut werden sollte. Deswegen belegte ich diese ganzen Wirtschaftskurse.

»Du wirst sie ganz sicher nicht enttäuschen. Und wehe, du denkst jetzt, du wärst wie dein Vater oder so was. Das bist du nicht«, beteuerte Lily mit so einer Inbrunst, dass ich fast lächeln musste. Fast.

Mein Blick fiel auf die Kleine aus dem Coffeeshop, deren Namen ich schon wieder vergessen hatte. Sie schaute im selben Moment nach oben und leckte sich provozierend über die Lippen.

»Na ja, du kannst zumindest noch einiges ändern«, hörte ich Lily auf einmal viel ruhiger sagen. Sie hatte bestimmt die Geste mitbekommen, reagierte aber nicht darauf.

»Was ändern?« Ich sah sie an. »Wie mein Vater zu sein?«

»Lily?«, unterbrach uns eine andere Stimme, bevor Lily antworten konnte. Gelassen wie eh und je kam Chase die Stufen hochgeschlendert.

»Oh, tut mir leid, ich hab total die Zeit vergessen«, entschuldigte sich Lily und ging auf ihn zu.

Ich knirschte mit den Zähnen, versuchte mir aber nichts anmerken zu lassen. Wir waren Teamkollegen und auch befreundet, aber am liebsten hätte ich ihn gerade zum Mond geschossen.

»Hi, Shawn.« Er nickte mir zu.

Ich sah ihn nur an. *Verletz sie, und du bist erledigt.*

Die Nachricht kam mit Sicherheit an. Und sie blieb auch Lily nicht verborgen.

»Ich … geh dann wieder runter.« Flehend sah sie mich

an. Natürlich. Lily dachte vermutlich, ich würde eine Szene machen wie auf der Tribüne. Aber das hatte ich nicht vor. Auch ein Shawn Frady lernte dazu. So irgendwie.

»Schönen Abend noch«, war meine schlichte Antwort.

Lilys dankbares Lächeln half mir, meine coole Fassade aufrechtzuerhalten.

»Und Lilymaus? Schönen Abend noch«, setzte ich hinzu und benutzte absichtlich ihren Spitznamen. Zum einen, um genau diesen verdutzten Gesichtsausdruck bei Chase hervorzurufen – ja, wir waren sehr vertraut miteinander – und zum anderen, damit Lily verstand, dass wir immer noch *wir* waren. Eine Einheit. Lily und Shawn.

Danke, formte sie stumm mit den Lippen. Dann hakte sie sich bei Chase ein und ließ sich von ihm wie Cinderella die Treppe hinunterführen. Ich presste die Zähne so fest zusammen, dass mein Kiefer schmerzte.

KAPITEL 9

LILY

»Und? Wie ist es gelaufen?«

»Das Vorstellungsgespräch ist erst übermorgen, Mom. Du verwechselst da etwas.«

»Nein, nein. Ich weiß, was ich weiß. Du hast mir davon erzählt.«

Ich klemmte mir das Telefon zwischen Kinn und Schulter, stellte den Mixer aus und goss meinen ultragesunden, giftgrünen Smoothie in ein Longdrinkglas. Ich hatte die letzten Tage zu oft gesündigt und mein Gewissen trat mir deswegen gedanklich in den gut gerundeten Hintern. »Ich habe dir von den *vergangenen* Gesprächen erzählt. Die Firmen haben mir abgesagt, du erinnerst dich?«

»Oh. Richtig.« Mom schnaubte am anderen Ende. »Wie können die dich nicht gewollt haben? Ich fasse es immer noch nicht!«

»Für *JC Events* bin ich gewappnet«, prophezeite ich und dachte dabei an den schlichten Bleistiftrock und die taillierte Bluse mit Stehkragen. Zu beidem hatte Shawn mir geraten. Ich würde mir à la Luigi die Haare hochstecken und Sarah hatte versprochen, mich zu schminken. Nichts würde schiefgehen. Ich musste nur fest genug daran glauben.

»Du solltest Shawn mal wieder zum Essen mitbringen«, schlug Mom vor, als würde sie gleich nebenan wohnen und nicht in einem fahrbaren Untersatz durch Amerika tingeln. »Als Dankeschön für seine Mühe.«

Ich betrachtete die dickflüssige Pampe im Glas. »Ich frage ihn.«

»Wie wäre es zum Geburtstag deines Vaters nächsten Monat? Wir wollen ohnehin ein paar Tage in Philadelphia verbringen, um unsere Lieblingstochter und alte Freunde zu besuchen. Shawn würde wunderbar in die Runde passen.«

»Ich frage ihn«, wiederholte ich nur.

»Habt ihr Streit? Du klingst bedrückt.«

»Nö.«

»Lily? Ich kann durchs Telefon hören, wenn du lügst.«

»Wir hatten eine Meinungsverschiedenheit«, gab ich zu.

»Etwas Ernstes?«

Ich seufzte. »Es ging um einen Jungen, der an mir interessiert ist. Shawn findet, er ist nicht gut genug für mich.«

»Oh, oh«, flötete Mom.

»Was?«, fragte ich gespannt. Ich hasste es, wenn sie Andeutungen machte und mich dann zappeln ließ.

»Klarer Fall von Eifersucht.«

»Quatsch. Shawn ist mein bester Freund und nicht mehr«, hielt ich dagegen.

Ich ignorierte mein schneller schlagendes Herz. Es regte sich umsonst auf. Shawn empfand nur Freundschaft für mich.

»Sieht Shawn das auch so?«

»Können wir bitte das Thema wechseln? Ich möchte jetzt nicht über Shawn sprechen.« Ich holte einen Löffel aus der Schublade und rührte in meinem Smoothie, in der Hoffnung, er würde appetitlicher werden. Aber vielleicht schmeckte er ja besser, als er aussah? Ich trank einen Schluck … und machte ein würgendes Geräusch.

»Alles okay, Lily-Schatz? Du klingst wie Oma Hetti, wenn sie ihre Hühneraugen entfernt.«

Angewidert stellte ich den Smoothie weg. »Danke, Mom. Das Bild bekomme ich nie wieder aus dem Kopf.«

»Entschuldige, Schatz. Ich habe nur gesagt, was ich denke.«

»Ein bisschen weniger Ehrlichkeit ist manchmal nicht verkehrt. Vor allem, wenn dir das Wort *Hühneraugen* und *entfernen* in einem Satz auf der Zunge liegt.«

»Kommt nicht wieder vor«, trällerte sie fröhlich. »Warte mal, wie könnte ich deine Laune bessern? Oh ja, ich weiß! Dad und ich besuchen gerade einen Tantrakurs. Nackt, wie Gott uns schuf, haben wir …«

»Stopp, Mom!« Herrgott! Hatte diese Frau kein Schamgefühl? »Mir ist schon schlecht.«

Mom kicherte. Dann berichtete sie von einem neuen Sortiment Lavalampen und dass sie plante, das Kartenlegen von einer alten Zigeunerin zu lernen. Ich hörte nur mit halbem Ohr zu. Meine Gedanken waren bei Shawn. Ich hatte ein schlechtes Gewissen, weil ich ihm den Termin des Vorstellungsgesprächs vorenthielt, der heute in der Post gewesen war. Eigentlich hatte er ein Recht darauf, zu erfahren, wann ich mich in die Höhle des Löwen begeben würde. Doch sobald ich ihm davon erzählte, würde ich noch nervöser werden, als ich es eh schon war. *Bullshit,*

Lily! Du kannst ihn gerade einfach nicht einschätzen. Das stimmte. Er verwirrte mich. Auf vielerlei Weisen. Bis ich entschieden hatte, wie ich damit umgehen wollte, hielt ich Abstand. Aber er fehlte mir. Sehr. Für gewöhnlich verging kein Tag, an dem wir uns nicht zumindest Textnachrichten schrieben.

Fünfzehn lange Minuten kaute Mom mir ein Ohr ab, bevor ich sie abwimmeln konnte. Ich überlegte gerade, ob ich den Smoothie trinken oder als Gesichtsmaske nutzen sollte, als es an der Tür klingelte. Sarah konnte es nicht sein. Die hatte einen Schlüssel und wollte außerdem erst morgen von ihrem Wochenendtrip zurückkehren.

Ich schlich durch den Flur und spähte durch den Spion. Mein Herz machte einen freudigen Satz, als ich nussbraune Strähnen vor der Linse entdeckte, die ich unter Tausenden erkennen würde. Shawn.

Er war gestern ganz plötzlich von der Party verschwunden. Emily, die mit ihm Ernährungswissenschaften belegte, hatte mich irgendwann informiert, dass er wegen Kopfschmerzen früh gegangen sei. Hätte er mir das nicht selbst sagen können? Als ich mit Chase getanzt hatte, hatte er an der Bar mit einer mir unbekannten Blondine geflirtet. Die Ausrede, er habe mich nicht gesehen, ließ ich also nicht gelten. Ich hätte eine Nachricht schreiben können. Hatte ich aber nicht getan. Ich war nicht diejenige, die sich komisch verhielt.

Ich öffnete. Am liebsten wäre ich ihm um den Hals gefallen, weil ich mich so freute, ihn zu sehen, aber ich blieb cool wie die Arktis. »Hi.«

Er lächelte. »Hi.«

»Geht es dir besser?«

»Hm?«

»Party? Kopfschmerzen?«

»Ach so. Jaja, alles wieder okay.« Er fuhr sich durchs Haar und ließ die Hand danach im Nacken liegen. »Ich … wollte dich und Chase nicht stören, deswegen Emily.«

Hörte ich Bitterkeit in seiner Stimme? Der Moment war so schnell vorbei, dass ich mir das auch nur eingebildet haben konnte. Shawns Blick wanderte zu meinem bunt bedruckten T-Shirt, das ich falsch herum trug, über meine verblichene Jogginghose und bis zu meinen Füßen, die in rot-weiß geringelten Wollsocken steckten.

Ich kniff die Augen zusammen. »Kein Spruch! Diese Klamotten sind zufällig sehr bequem.«

Shawn lehnte sich grinsend gegen den Türrahmen. »Mir gefällt, was du trägst.«

Ich verschränkte die Arme vor der Brust. »Ist das ein Trick, um dich bei mir einzuschmeicheln?«

»Warum sollte ich das tun wollen?«

»Nun ja, weil die letzten Tage etwas … anormal waren?«

Halt die Klappe, Lily.

»Anormal?«

»Du weißt, was ich meine«, provozierte ich ihn weiter.

Doch er lachte nur noch mehr. Rau und leise. Das elektrisierende Vibrieren durchdrang mich wie Wasser einen trockenen Schwamm. Mein Groll verflog und meine verräterischen Hormone strebten ihm zu.

»Ist dir kalt?« Shawn nickte zu meinen Armen, die eine Gänsehaut überzog.

Ich verglühe gleich und du bist schuld daran. Du hast keine Ahnung, was dieses Lachen in mir auslöst, nicht wahr? Und musst du immer aussehen, als wärst du gerade aus dem Bett gekommen? Mit Schlafzimmerblick und verstrubbelten

Haaren, als hätte eine Frau gerade ihre Finger hindurchgleiten lassen. Jeans und Shirt schmiegten sich an seine Muskeln, als wären sie aufgemalt.

»Ist etwas zugig hier im Flur«, flunkerte ich.

»Wenn du mich reinlässt, können wir die Tür schließen.«

Ich schielte zu der Papiertüte in seiner Hand. »Kommt darauf an, was da drin ist.«

Er zeigte es mir. Corndogs! Fettig, kalorisch, ungesund und verdammt lecker.

»Du bist mein Held!«, quiekte ich begeistert und wippte auf den Zehnspitzen.

»Erzähl mir was Neues. Thor kann einpacken gegen mich.« Shawn verzog keine Miene, als er das sagte. Ich boxte ihn gegen die Schulter, die von einer Teamjacke der *Penn Quakers* bedeckt wurde, aber Shawn wankte nicht mal.

»Hart wie Kruppstahl«, kommentierte er trocken.

»Überheblich wie eh und je.«

»Nur 'ne Tatsache.«

»Genau.«

Er lachte, ich stimmte mit ein.

»Also schön, die Corndogs haben dir deinen kna… deinen sportlichen Hintern gerettet.« Fast wäre mir knackiger Arsch rausgerutscht, aber nur fast.

Shawn schloss die Tür und folgte mir in mein Zimmer, die Corndogs wie Eintrittskarten vor seinen harten Körper haltend. Da er nicht nach Chase und dem gestrigen Abend fragte, beließ ich es dabei. Sichere Taktik, um Streit zu vermeiden.

»Setz dich.« Ich zeigte zum Bett, das warm von der Lichterkette über dem Bücherregal angestrahlt wurde, welches die ganze Wandseite einnahm. »Magst du etwas trinken?«

»Ich nehme, was du nimmst.«

In der Küche kippte ich als Erstes den ekligen Smoothie in den Ausguss und stelle das Glas in die Spüle. Dann öffnete ich den Kühlschrank und nahm zwei Diätlimos aus dem Seitenfach. *Geht's noch, Lily?* Ich entschied mich um und griff nach zwei Dosen Pepsi. *Scheiß auf Kalorien.*

Die Corndogs schmeckten herrlich. Es war gespenstisch, aber auch cool, dass Shawn immer wusste, was ich gerade zum Glücklichsein brauchte. Wäre der Gedanke nicht so abwegig, könnte man meinen, wir wären ein Pärchen, das seit Jahren zusammen war.

Als wir alles bis auf den letzten Krümel verputzt hatten, war die Entscheidung gefallen, und zwar gegen *Star Wars* und für *Daredevil.* Shawn legte sich wirklich ins Zeug, um es mir recht zu machen. Für gewöhnlich verdrehte er die Augen, wenn ich beim Anblick des Hauptdarstellers einen schmachtenden Seufzer hinlegte. Er meinte, einen Typen in rotem Ganzkörperkondom könnte er nicht erst nehmen und ignorierte dabei mein Argument, dass es sich nicht um Latex, sondern um Leder handelte, das ziemlich aufreizend um Daredevils scharfe Muskeln spannte. Heute verkniff Shawn sich jegliche Kommentare in diese Richtung.

»Der Schauspieler wird von Staffel zu Staffel besser. Wir sollten die Erste noch mal ansehen.«

Ich hörte keinen Sarkasmus, aber ich wusste, er war da. Irgendwo versteckt hinter dieser attraktiven, nichtssagenden Miene. Ich hob eine Braue. »Übertreib's nicht mit dem Schleimen.«

Shawn lachte. »Bin ich so leicht zu durchschauen?«

»Ich lese in dir wie in einem offenen Buch.«

Shawns Grinsen erlosch. Sein rechtes Augenlid zuckte, als er mich wachsam fixierte. Dann wurde ihm bewusst, dass ich scherzte, und er entspannte sich wieder.

»Du bist zu weit weg«, sagte er plötzlich. »Das gefällt mir nicht.«

Ich hatte etwas Abstand zwischen uns gelassen, aber jetzt kam Shawn näher und legte seinen Arm um meine Schulter. Wie er es schon Hunderte Male getan hatte, wenn wir zusammen vor dem Fernseher abhingen. Aber es fühlte sich nicht an wie sonst. Etwas hatte sich verändert.

»Viel besser, nicht wahr, Lilymaus?«

»Hm«, machte ich nur. In mir kribbelte es, als würde ich in einem Ameisenhaufen stecken.

»Nicht?«

»Doch, doch.«

»Hey, du bist ja ganz verspannt.« Shawn beugte sich vor und sah mich ernst an. »Warum bist du steif wie ein Brett, Lilymaus?«

Weil deine bloße Anwesenheit mich in Flammen setzt. Mehr denn je.

»Das bildest du dir ein«, tat ich die Sache ab. Ich griff nach meiner Pepsi und trank einen Schluck. Dumm nur, dass meine Hand dabei zitterte.

»Warte«, sagte Shawn, dem die Reaktion nicht entgangen war. »Setz dich vor mich. Zwischen meine Beine.«

Oh ja, super Idee. Damit mein Höschen noch feuchter wird.

»Du fängst jetzt aber nicht mit so einem Tantramist an wie meine Mom, oder?«

»Tantramist?«, fragte er verdutzt und schaltete auf Pause. Daredevil und Elektra erstarrten auf dem Bildschirm, bevor sie einen Drogendealer in schwarzer Motorradkluft fertigmachen konnten.

»Sie und mein Dad belegen so einen Kurs. Ich konnte sie gerade noch davon abhalten, am Telefon ins Detail zu gehen.«

»Scheiße!« Er verzog mitfühlend den Mund. »Sich seine Eltern beim Sex vorzustellen, ist mein größter Albtraum.«

»Frag mich mal. Tantrasex.« Ich tippte mir an die Stirn. »Die haben sie doch nicht mehr alle.«

»Ich verführe ein Mädchen auch lieber auf die altmodische Art.«

Ich kniff die Augen zusammen und starrte auf seine muskulösen Oberschenkel. »Jetzt werde ich mich erst recht nicht zwischen deine Beine setzen.«

Ich sah genau, wann Shawn bewusst wurde, was er angedeutet hatte. »Hey, meine Absichten sind absolut ohne Hintergedanken«, beteuerte er. »Außerdem haben wir schon ganz anders auf diesem Bett gekuschelt.«

Das stimmte. Und jedes Mal hatte ich mir gewünscht, dass mehr dahintersteckte als Freundschaft.

»Komm schon, du Spaßbremse.« Wieder klopfte er vor sich auf die Tagesdecke. »Lass mich dir helfen. Ich habe magische Hände, die jede Verspannung verpuffen lassen.«

»Haha.«

»Ich schwöre.«

Ich zögerte. »Dafür muss ich mich trotzdem nicht zwischen deine Beine setzen.«

Shawn verdrehte die Augen. »Als wenn etwas dabei wäre.«

Für dich vielleicht nicht. Wieder verspürte ich diesen Schmerz in der Brust, ließ mir aber nichts anmerken.

Shawn wackelte auffordernd mit den Brauen. Das konnte er wirklich gut und ich musste lachen.

»Also schön«, gab ich nach. Ich benahm mich wirklich kindisch. Ich krabbelte zwischen seine Beine, zog die Knie bis ans Kinn hoch und verschränkte die Arme um die Schienbeine. Gemütlich war das nicht, aber wenn ich mich weiter zurücklehnte, würde ich Bekanntschaft mit Shawns Schritt machen.

»Entspann dich«, hauchte er mir ins Ohr.

Klar, wenn du mich schon mit der Stimme verführst, kann ich mich super entspannen. Ich stieß die Luft aus und schaltete den Fernseher wieder an. Daredevils Faust sauste vor und traf den Drogendealer ins Gesicht. Shawn legte mir seine starken Hände auf die Schultern. Während Kampfgeräusche aus den Lautsprechern drangen, begann er, mich mit genau der richtigen Mischung aus sanftem Druck und kreisenden Bewegungen zu massieren.

Ich stöhnte selig.

»Oh ja. Wie Wachs in meinen Händen«, scherzte er.

»Bilde dir nur nichts ein. Ich würde bei jedem Mann diese Sex-Geräusche machen, der mich gut durchkneten kann.«

Shawn lachte leise. »Wenn du lange genug daran glaubst, wird es vielleicht wahr.«

Mein Ellenbogen traf seine Rippen.

»Aua!«

»Ups! Ich bin auf der Schleimspur ausgerutscht.«

Wieder lachte er leise. Dann gab er mir einen Kuss in den Nacken. Einfach so. Ich schnappte nach Luft.

»Shawn?« Meine Stimme zitterte. Ich konzentrierte mich auf den Fernseher. »Massierst du jetzt auch mit den Lippen?«

»Wenn ich dich so dazu bringe, loszulassen … Der Zweck heiligt die Mittel.«

Wieder küsste er mich, diesmal die Stelle daneben.

»Lass dass«, krächzte ich.

»Hm?«

»Ich bin keines deiner Betthäschen, die du ablecken kannst, wenn dir danach ist.«

»Keine Ahnung, wovon du sprichst«, raunte er. Sein heißer Atem traf mein Ohr. *Gott!* »Aber wenn ich es mir genau überlege. Das Sprichwort heißt doch: Wer es anleckt, darf es behalten … folglich bist du jetzt mein Eigentum.« Er zögerte. »Und somit tabu für Chase.«

»Shawn!« *Fängt er das Thema schon wieder an?* Ich funkelte ihn über die Schulter böse an. »Du musst damit aufhören. Er ist nicht so übel, wie du ihn darstellst. Wir hatten viel Spaß gestern Abend.« *Bedauerlicherweise musste ich dabei immer wieder an dich denken, weil ich mir gewünscht habe, du wärst er.*

Shawn strich mir eine Strähne hinters Ohr. »Ich könnte es nicht ertragen, wenn du verletzt werden würdest.«

»Das werde ich nicht. Chase mag mich wirklich. Er ist dein Freund«, erinnerte ich ihn. »Vertraue ihm. Vertrau mir.«

Shawn presste die Lippen zusammen. »Okay.«

»Konzentrieren wir uns wieder auf Daredevil?« Die letzten Minuten waren komplett an uns vorbei gegangen.

»Klar«, sagte er. »Ich spule ein Stück zurück.«

Wir sahen die Szene noch einmal, während Shawn meine Schultern massierte. Irgendwann wurde es mir zu blöd und ich rutschte doch weiter zurück, was ich sofort bereute, als ich merkte, dass Shawn an einer bestimmten Stelle hart war. *Das hat nichts zu bedeuten, Lily.* Denken Männer nicht alle zwei Sekunden an Sex?

»Ich mag Elektra«, kommentierte Shawn, als wäre es das Natürlichste der Welt, meinen Po an seiner Erektion zu spüren.

»Ihr schwarzer Anzug schmiegt sich ja auch wie eine zweite Haut an ihre Porno-Brust.«

»Sagt die Frau, die auf den Typen im roten Ganzkörperkondom steht.«

»Er trägt Leder. Wie oft muss ich das noch wiederholen?«

»Trotzdem bleibt es ein Ganzkörperkondom.«

»Ah!«, stöhnte ich auf, als Shawn eine besonders fiese Verspannung mit dem Daumen massierte. Ich sollte wirklich mehr Sport machen. Yoga oder so, um gelenkiger zu werden. »Bei Elektra ist ein sexy, schwarzer Catsuit vollkommen okay, und Daredevil, der einen ähnlichen Anzug nur in Rot trägt, verspottest du?«

»Elektra ist eine Frau«, erklärte er. »Die muss so etwas tragen.«

»Aha, und warum?«

»Weil sich sonst kein Typ, der Eier in der Hose hat, diese Serie anschauen würde.«

Ich kicherte. »Du bist so sexistisch.«

Er lachte ebenfalls. »Nein, nur ehrlich.«

Die Szenerie wechselte. Plötzlich standen beide Schauspieler in einem Boxring inmitten eines verlassenen Sportstudios. Es knisterte schon länger zwischen den beiden, jetzt küssten sie sich und zogen sich gegenseitig aus, während sie auf die dunklen Matten sanken. Elektras Rückenmuskeln tanzten verführerisch vor der Kamera. Daredevil huldigte jeden Flecken ihrer Haut, den er erreichen konnte, mit den Lippen.

Okay, Shawn hatte recht. Die Serie zielte auf Frauen ab.

Ich beugte mich vor und konnte den Blick nicht vom

Fernseher abwenden, als Elektra Daredevils nackte Brust streichelte und ihre Hände mit seinen verschränkte. Er drang in sie ein. Ein Keuchen, und ihr Kopf sackte zurück.

Puh, ganz schön heiß hier drinnen.

Die Bewegung an meiner Schulter stoppte. Shawn hatte aufgehört, mich zu massieren.

»Kommst du langsam auf den Geschmack?«, neckte ich ihn, doch er lachte nicht wie erwartet. Er griff nach der Fernbedienung und schaltete auf Pause.

»Hey! Ich will das sehen!«, schimpfte ich und drehte mich zu ihm um. Mein Protest erstarb, als ich in Shawns vor Verlangen blitzende Augen sah.

Das konnte nicht sein. Shawn sah mich nie so an. Nie.

»Ich will dich noch mal küssen«, sagte er rau.

»Ähm … was?«

»Unser Kuss damals, als ich in deinem statt in Sarahs Zimmer gelandet bin … ich erinnere mich nicht mehr daran.«

»Du erinnerst dich an nichts, was in dieser Nacht geschehen ist.«

Shawn sah zu meiner Unterlippe, die ich mit der Zunge benetzte. Er stieß die Luft aus. »Aber ich will wissen, wie du schmeckst.«

Ich wusste wirklich nicht, was ich dazu sagen sollte, also starrte ich ihn nur an. Aufgeladen und mich fragend, ob ich im falschen Film war.

»Klingt das verrückt?«

Ich nickte.

Er fuhr sich durch die Haare, bis sie zu allen Seiten abstanden. »Keine Ahnung, wo der Wunsch plötzlich herkommt. Ich weiß nur, dass ich seit Tagen an nichts anderes denken kann als daran, dich zu küssen.«

Seit Tagen?

Ich ignorierte meine weichen Knie, ignorierte mein rasendes Herz und räusperte mich. »Dein Verlangen hat nicht zufällig etwas damit zu tun, dass Chase sich für mich interessiert?«

»Nein. Nein, damit hat es nichts zu tun.« Er rieb sich übers Gesicht. »Ich kann es nicht erklären. Ich meine, wir sind beste Freunde, richtig? Ich sollte solche Gefühle nicht für dich haben.«

Meine Verwirrung legte noch einen Zahn zu. Deutete er damit an, was ich annahm, dass er es andeutete? Das war verrückt, oder? »Ich … bin überhaupt nicht dein Typ, Shawn. Rein sexuell gesehen«, erinnerte ich ihn und rutschte ein Stück von ihm weg. »Optisch bin ich nicht mehr das hässliche Entlein, aber ich habe keine Size Zero, werde sie nie haben, und Widerworte gebe ich auch und …«

»Spinnst du?«, fuhr er mich an. »Deine Kurven sind genau richtig und an den Stellen, wo sie sein sollten. Wer behauptet, du seist zu rundlich? Chase?«

Ich schluckte und schüttelte den Kopf. »Chase hat mir nur Komplimente gemacht.«

»Wer dann?«

Ich schwieg.

»Wer, Lily? Wer hat dir das Gefühl gegeben, nicht begehrenswert zu sein?«

Also schön. Wenn er es unbedingt wissen wollte, dann erfuhr er es eben. War ja nicht so, als wäre es ein Geheimnis. »Du«, sagte ich leise, aber ehrlich. »Vom ersten Moment an.«

Fassungslos sah er mich an.

»Es waren keine Worte, Shawn. Sondern eher … deine Gesten.« Ich schluckte den Kloß in meiner Kehle hinunter. »Nach dieser einen Nacht hast du mich nie mehr berührt, wie ein Mann es tun würde, der eine Frau begehrt.«

Ein Muskel in seinem sonst starren Gesicht zuckte. »Aber doch nur, weil ich dich zu sehr respektiere, um dich für eine Bettgeschichte zu missbrauchen.«

Ich lachte schnaubend. »Tja, diese dummen Bettgeschichten. Zu blöd, dass es so viele willige Tussis gibt, die ihr Höschen schon fallen lassen, wenn sie dich nur ansehen.«

Shawn Brauen schossen in die Höhe. »Augenblick mal ... bist du etwa eifersüchtig?«

»Träum weiter!«

»Verdammt, Lilymaus. Wie habe ich das die ganze Zeit nicht sehen können?«

Er streckte die Hand aus, aber ich zog den Kopf weg, bevor er meine Wange erreichen konnte. Er wirkte nicht beleidigt. Statt auf Nähe zu drängen, steckte er die Hände unter die Oberschenkel.

»Wir benehmen uns wie in einem kitschigen Hollywoodfilm, in dem sich die beiden Hauptdarsteller endlich ihre Gefühle gestehen«, murmelte er. »Ist das irre?«

»Ihre Liebe gestehen?« Ich lachte etwas zu schrill. »Total irre!«

Er zog die Hände unter den Oberschenkeln hervor. »Du kannst es leugnen, aber es ändert die Tatsache nicht.«

»Welche Tatsache?«

»Dass da etwas zwischen uns ist. Etwas, das über bloße Freundschaft hinausgeht.«

Ich konnte es nicht leugnen. Es war die Wahrheit. Aber ich hätte nicht gedacht, dass Shawn es auch spürte. Wann war das passiert? Gemerkt hatte ich nichts. Shawns Augen hatten sich verdunkelt, als er mir näher kam.

»Aber dann müssen wir es auch richtig machen«, stellte er fest.

Sofort schüttelte ich den Kopf. »Was immer das bedeutet: Meine Antwort lautet nein.«

»Ein Kuss ist kein Kuss.«

Ich blinzelte. Einmal, noch mal. »Hast du Drogen genommen, die jetzt erst wirken?«

»Wenn ich ja sage, würdest du dann mildernde Umstände walten lassen?«

»Nein!«

»Dachte ich mir. Einen Versuch war es wert.« Er wandte den Blick nicht von meinen Lippen ab. »Ich küsse fantastisch. Warum sollten wir es nicht noch mal versuchen?«

»Ist das eine ernst gemeinte Frage?!«

Es würde meine Welt aus den Angeln heben. Unbestreitbar würde ein Kuss mit ihm sensationell werden, aber warum sollte ich wegen einer Laune – denn nichts weiter wäre es für Shawn – unsere Freundschaft gefährden? So würde es enden. Katastrophal, weil ich mir mehr erhoffte und Shawn mir nicht das geben konnte, was ich wollte. *Warum sollte ich mich mit einer Beziehung herumärgern, wenn ich Sex mit jedem Mädchen auf dem Campus haben kann, wenn ich nur mit dem Finger schnippe?* Das waren Shawns Worte gewesen, nicht meine. Und er hatte jedes einzelne so gemeint. Die Einstellung machte ihn zu keinem schlechten Menschen, aber zum Schwiegersohn des Jahres würde er auch nicht gekürt werden.

»Was ist los mit dir? Bin ich durch die neuen Klamotten plötzlich ein anderer Mensch?«, fragte ich verdrossen. Ich zupfte an meinem schlabbrigen Shirt. »Das hier ist Lily. Und das, was hier drinnen schlägt …« Ich tippte auf die Stelle, unter der mein Herz lag. »… das zählt wirklich.«

»Das weiß ich doch. Verdammt. Ich kann es ja auch nicht erklären.« Er klang genauso verwirrt, wie ich mich fühlte. »Ich weiß nicht, was los ist, ich weiß nur, dass ich dich unbedingt küssen möchte. Nein, ich muss. Ich muss dich unbedingt küssen.«

Ich holte tief Luft und stand auf. »Sonst was?«

»Keine Ahnung.« Er zuckte die Schultern. »Passiert etwas Schlimmes. Oder so.«

»Oder so. Ein Samenkollaps, oder was?«

Er stand ebenfalls auf und kam zu mir. »Lily …« Seine Stimme klang rau. Seine Augen blitzten und mir wurde schlagartig bewusst, was er im Begriff war zu tun. Er überwand den Abstand zwischen uns, und bevor ich protestieren konnte, legten sich seine Lippen auf meine.

Ach, verflucht. *Dann genieße ich es eben. Ein Kuss ist kein Kuss.*

Ich presste mich an ihn, vergrub die Hände in seinem Haar und zog an den kurzen Strähnen. Shawn stöhnte.

»Sorry«, murmelte ich an seinen Lippen.

»Wage es nicht, sanfter zu sein«, raunte er zurück.

Er intensivierte den Kuss, indem er seine Zunge zwischen meine Lippen schob, die sich automatisch für ihn öffneten. Er schmeckte, wie er aussah: Aufregend, verwegen und absolut süchtig machend. Shawn knetete meine Seiten, während seine Zunge mit meiner rang. Sterne tanzten vor meinen Augen. Alles kribbelte, als stände ich unter Strom.

»Gott!«, murmelte er und stöhnte auf.

»Es heißt Göttin«, verbesserte ich ihn und schnappte nach Luft, weil ich sonst ohnmächtig zusammengesunken wäre. Hatte ich tatsächlich vergessen, zu atmen? Total egal. Ich zog ihn an mich und …

Lautstark schlug eine Tür hinter mir zu. »Lily? Bist du da?«

»Verdammt!« Beinahe hätte ich Shawn auf die Lippe gebissen, als ich den Kopf zur Wohnungstür herumriss. »Sarah! Aber das kann nicht sein, sie …«

Shawn rückte von mir ab und steckte sein Hemd in die Hose. Ich hatte es ihm gerade herausgezogen, um meine Hand darunter zu schieben. »Warum sollte sie es nicht sein? Sie wohnt hier«, erinnerte er mich. Er wirkte kein bisschen verlegen. Warum auch? Vermutlich wurde er ständig beim Knutschen erwischt.

Ich stand auf, blieb mit etwas Abstand vor dem Bett stehen und band mir meinen hohen Zopf neu. Meine Finger zitterten und ich brauchte zwei Anläufe, bis es klappte. »Sie hatte ein Date und wollte erst morgen zurückkommen.«

»Eigentlich.«

Etwas Schweres landete auf dem Boden. Vermutlich Sarahs Rucksack. »Liiily!«, schrie meine Mitbewohnerin durch den kurzen Flur.

Ich ließ die Arme sinken, sah Shawn an und zuckte die Schultern, bevor Sarah ohne zu klopfen meine Tür aufriss.

Sie stutzte. »Oh, du bist wach.«

»Offensichtlich. Selbst wenn ich geschlafen hätte, hätte dein Geschrei Tote geweckt.«

Sie hatte den Anstand, verlegen zu grinsen. »Mit Elias ist Schluss.«

»Das tut mir leid.« Das war die Wahrheit. Elias war Leistungsschwimmer, eine neue Eroberung von Sarah. Ich hatte ihn nur kurz kennengelernt, aber er schien mir ein netter Kerl zu sein. Sarah winkte ab, bevor sie sich Shawn zuwandte.

»Shawn, hi!«, sagte sie fröhlich, als hätte sie ihn jetzt

erst entdeckt. Ihr Blick ging zum Fernseher. »Warum läuft der Abspann?«

»Weil die Folge zu Ende ist?«

Irritiert hob sie eine Augenbraue. »Ihr seht euch nie den Abspann an. Was ist los mit euch?«

»Wir waren beschäftigt«, sagte ich knapp. Sollten ihr unsere geschwollenen Lippen auffallen, so zeigte sie es zumindest nicht. »Und jetzt sind wir damit fertig. Shawn?« Er sah mich an wie ein Lamm, das zur Schlachtbank geführt wird. Ahnte er, dass ich zur Besinnung gekommen war? »Du wolltest gerade gehen.«

»Wollte ich?«, fragte er, als hätte er meinen Wink nicht verstanden. »Ich würde lieber noch bleiben und reden.«

Wir beide sagten kein Wort und starrten uns an.

Sarahs Blick pendelte zwischen uns hin und her, bis der Groschen fiel. »Oh. Ähm, alles klar. Ich geh dann mal wieder.« Damit machte sie auf dem Absatz kehrt und verschwand.

»Ich brauche einen Moment für mich«, sagte ich zu Shawn, weil es die Wahrheit war.

»Können wir nicht …« Er stand auf und kam näher. Sein Duft hüllte mich ein, als er die Hand ausstreckte, um mein Gesicht zu berühren. Doch ich widerstand der Versuchung. Entschlossen trat ich zurück.

»Nein, können wir nicht!«

Ich war wohl etwas schroff gewesen. Shawn wirkte nicht glücklich.

»Wir müssen reden, Lily. Über das, was eben passiert ist.«

Das stimmte. Leider. Ich seufzte und stemmte die Hände in die Seiten. »Ja. Aber nicht heute.« Ich war zu verwirrt. Ich musste erst nachdenken. Allein.

Shawn atmete tief ein und nickte schließlich. Langsam

beugte er sich zu mir und gab mir einen Kuss auf die Wange, den ich geschehen ließ. »Wie du willst. Gute Nacht, Lily.«

Zwischen meinen Beinen pulsierte es, aber mein Herz weinte.

Halt ihn auf!, schrie es laut. Mein Verstand hielt dagegen: *Das ist nicht real. Mehr als Freundschaft wird es nie zwischen euch geben.*

Und obwohl ich ihn am liebsten gebeten hätte, zu bleiben, sagte ich nur leise: »Gute Nacht, Shawn.«

KAPITEL 10

SHAWN

»Einen wunderschönen guten Morgen!«, trällerte ich durch die Umkleidekabine des Teams. Es waren nur ein paar der Jungs hier, der Rest lief sich wohl schon auf dem Spielfeld warm.

»Morgen«, erwiderten die anderen verwirrt, vielleicht auch misstrauisch. Finnigan und Mike machten demonstrativ einen Schritt von mir weg.

Mich störte das nicht die Bohne. Es war ein wunderbarer Tag. Die Sonne schien, es war warm und … ich hatte Lily geküsst.

Was zum Teufel gab es Besseres?

Diese Frage stellte ich mir seit gestern Abend. Obwohl sie mich danach einfach weggeschickt hatte, fühlte ich mich immer noch wie der verdammte Sieger des Super Bowls. Weil ich weitergekommen war. Weil wir weitergekommen waren … Was immer das auch zu bedeuten hatte.

Vor mich hin pfeifend, zog ich mich um, schlug ein paar Jungs auf die Schulter und machte mich mit einem Ball auf zum Spielfeld. Chase stand mit Phil, Eric und ein paar anderen zusammen. Er tauchte mehrmals die Woche auf, obwohl er mit seinem verletzten Arm noch für mindestens zwei Wochen nicht spielen konnte. *Hauptsache, aufspielen!*

Chase bemerkte mich, als ich auf meine Jungs zugelaufen kam. Er wirkte ziemlich angepisst, deswegen musste ich einfach grinsen. Also ernsthaft grinsen. Wer hatte gestern Abend Lily geküsst? Genau. Nicht er! Und er war nur angepisst, weil ich ihm jedes Mal die Meinung geigte. Er wusste nicht mal was von dem Kuss! Hah!

»Morgen, Jungs. Bereit?«, fragte ich und warf ihnen den Ball zu. Eric fing ihn mühelos, auch er wirkte überrascht.

»Aber klar«, murmelte Eric. »Ist mit dem Coach denn alles klar?«

»Ach, kommt schon. Das mit Finnigan und Mike war keine große Sache«, stellte ich fest. Redete hier wirklich noch jeder darüber, was unter der Dusche passiert war? Hey, sie hatten Lily beleidigt. Was hätte ich sonst machen sollen?

»Ist das so?«, fragte Phil, als hätte ich wirklich den Verstand verloren. Dass sich auch jeder verdammte Spieler ständig in alles einmischen musste … Absolut nervtötend!

Irgendwie stimmte das ja auch. Ich zuckte mit der Schulter. »Lily ist tabu für jeden von euch.«

Chase schnaubte, ich blieb ganz ruhig. Warum sollte ich auch Stress anfangen? Das würde dem Team nicht helfen, Lily und mir sowieso nicht und meiner Faust auch nicht. Die schmerzte immer noch von den Schlägen gestern.

»Das hast du nicht zu entscheiden«, klärte Chase mich über seine Meinung auf.

Tief Luft holend, versuchte ich, Haltung zu wahren. *Er*

kann so viel reden, wie er will, am Ende habe ich sie geküsst. Ich. Nicht er. Alles ist gut.

»Stimmt«, begann ich so ruhig wie möglich. »Sie entscheidet.«

Und sie wird sich nicht für dich entscheiden. Vergiss das mal ganz schnell wieder, Chase!

Chase und ich starrten uns an. Wer würde als Erster nachgeben? Der verletzte Krüppel oder ich? Gut, das war vielleicht zu fies gedacht. Aber ich verlor verdammt noch mal langsam die Kontrolle. Selbst über meine Gedanken! Lily hatte meinen Kopf gefickt. So richtig gefickt …

»Steht da nicht so rum! Bewegung, Bewegung, aufwärmen, na los!«, brüllte der Coach über das Feld. Ich wollte die Augen verdrehen, aber da zog Eric mich schon mit sich.

»Sieh mal, Alter«, rief Phil ein paar Minuten später, fing meinen Ball und nickte zum Spielfeldrand. Ich folgte seinem Blick. Dort standen ein paar Weiber, die wie wild winkten. Wir nannten sie immer die Spielergroupies. Musste ich näher auf die Bedeutung eingehen? Nein. Gut. Jeder wusste auch so schon, *warum* sie so genannt wurden.

»Ist das nicht die Kleine von der Party? Da bei den Zwillingen?«, fragte Chase, der gleich am Spielfeldrand stand und das Training genau verfolgte. »Die, mit der du schon mal rumgemacht hast? Kelly so und so?«

War sie das? Keine Ahnung.

Phil warf mir den Ball zurück.

»Hübsches Ding. Genau dein Typ«, redete Chase weiter.

Seufzend drehte ich mich zu ihm um. »Was ist dein Problem?«

»Mein Problem ist …« Chase besaß tatsächlich die Eier, noch ein paar Schritte auf mich zuzukommen. Wenn er mir nicht gerade so dermaßen auf den Sack gehen würde, wäre ich sogar beeindruckt. » … dass du dich aufspielst, als würde dir alles und jeder gehören. Einschließlich Lily.«

»Ach, ist das so?«

Einen Augenblick funkelten wir uns an, beide nicht gewillt, nachzugeben. Schließlich schüttelte Chase den Kopf.

»Mann, Shawn! Die da drüben …« Er zeigte mit seinem gesunden Arm auf die Mädels. »… sind dein Beuteschema. Sie sind dir so wichtig wie ihre Namen. Nämlich überhaupt nicht. Was willst du also von Lily?«

Was ich von ihr wollte?

»Das geht dich einen Scheiß an!«, fuhr ich ihn an und spürte, wie ich langsam die Geduld verlor. Wie war das? Es war ein wunderschöner Tag? Pah!

»Gut, wenn du auf sie aufpassen willst, bitte. Aber mit einer Frau wie Lily spielt man nicht. Sie hat Klasse, ist klug und verdammt heiß. Und *ich* weiß das auch«, erklärte Chase mir, als würde ich ihre Qualitäten nicht kennen.

Verdammter Wichser!

Natürlich war sie klug und hübsch. Kein Typ auf diesem Planeten war gut genug für sie! Und jetzt kam mir Chase, mit dem ich zig Partys gerockt und Dutzende Weiber klargemacht hatte, auch noch dumm. Als würde ich Lilys Qualitäten nicht kennen! Verdammt noch mal. Er war mal mein Wingman!

»Was zum Teufel treibt ihr da?«, brüllte der Coach.

»Nichts, Coach. Chase und ich unterhalten uns nur«, rief ich ihm beschwichtigend zu. Bloß keinen Ärger machen – es reichte schon, wenn ich später wieder was gegen seine dämlichen Taktiken sagte.

Der Coach musterte mich misstrauisch. »Ach, wirklich?«

»Selbstverständlich, Coach. Phil! Wirf mal rüber!«

Auch wenn meine Faust in dem Moment sehr gut in Chase' Gesicht gepasst hätte, trainierte ich lieber und ließ dort meinen Frust heraus.

Den ganzen Tag über gingen mir Chase' Worte nicht mehr aus dem Kopf. Und das sollte schon was heißen. *Die da drüben sind dein Beuteschema. Sie sind dir so wichtig wie ihre Namen. Nämlich überhaupt nicht. Was willst du also von Lily?*

Am späten Nachmittag betrat ich mein Apartment und blickte wie so oft erst einmal auf die Flurwand, die unzählige Fotos von Lily und mir zeigte, bis ich auf einmal mit einem lauten Aufschrei begrüßt wurde.

»Fuck!«, kreischte eine leicht bekleidete Tussi und lief ins Badezimmer. Was zum …

»Bruderherz! Du bist schon zu Hause?«

Ah, na die Stimme kannte ich doch.

Ich verdrehte die Augen, während Paul von der Couch aufstand. Gott sei Dank trug er zumindest Shorts.

»Du hast das mit dem Notfallschlüssel immer noch nicht verstanden«, murrte ich und schloss die Tür hinter mir. Dann flog mein Rucksack in die Ecke, ich lief in die Küche und nahm mir ein Bier aus dem Kühlschrank.

Paul und ich sahen uns ziemlich ähnlich. Sein Haar war zwar ein paar Nuancen heller als meines, aber er hatte meine Körpergröße und Statur. Nur dass der Penner siebenmal täglich wie ein Besessener im Fitnesscenter trainierte, um für seine Modeljobs auch ja perfekt auszusehen. Ich powerte mich lieber auf dem Spielfeld aus.

»Ich bin so gut wie nie in Philli, kleiner Bruder. Das mit dem Notfallschlüssel war schon immer keine optimale Lösung«, antwortete Paul grinsend, als ich zurück im

Wohnzimmer war, und zog sich ein Shirt über seinen trainierten Oberkörper. »Wenn du ihn brauchst, ist er vermutlich genau wie ich irgendwo in Übersee oder so.«

Stimmt. Ich hätte ihm nie einen Zweitschlüssel geben sollen. Kopfschüttelnd trank ich einen Schluck Bier, da kam die Tussi zurück – diesmal bekleidet –, griff nach ihrer Tasche, winkte Paul zum Abschied und zwinkerte mir noch mal zu. Dann war sie auch schon weg.

»Ach, ich liebe die Uni«, murmelte Paul und streckte sich. Er war gerade mal fünf Minuten hier und hatte schon irgendeine Studentin flachgelegt. War klar! Ich trank einen weiteren großzügigen Schluck.

»Mann, diese tolle Begrüßung hat mir so gefehlt.«

Ich ignorierte Paul und seinen Sarkasmus.

»Und deine Freude darüber, dass ich hier bin«, fügte er hinzu. »Wahnsinn.«

Ich verdrehte die Augen. »Anscheinend hattest du deine Freude schon auf meiner Couch. Also komm mal wieder runter«, meinte ich seufzend. Ich konnte ihn nicht mal richtig zusammenscheißen. *Leg deine Weiber woanders flach* hatte er von mir schon viel zu oft gehört. Aber irgendwie schien er das immer wieder zu vergessen.

»Hey, ganz ruhig.« Paul stützte beide Arme auf die Lehne der Couch und sah mich an, als ich mich ihm gegenüber auf den Sessel setzte. Dabei spannte er seinen Bizeps an, um sich mal wieder aufzuspielen. Hatte ich schon erwähnt, was ich vom Modeln hielt? Apropos …

»Musst du nicht irgendwo Dressman spielen und 'ne Rampe rauf und runterlaufen?«, stichelte ich weiter.

»Eigentlich schon, aber du steckst ja gerade auch nicht in irgendeiner Muschi fest. Wobei … wie auch? Da war ich ja gerade drin.« Paul lachte schallend, aber irgendwie fand ich das überhaupt nicht witzig.

Auch mein Bruder bemerkte es sofort. Sein Lachen erstarb.

»Und … was hast du heute vor? Haben die Jungs was geplant?«, schwenkte er im Thema um.

Mit *Jungs* meinte er das Team inklusive Chase, Finnigan und all derjenigen, die ich momentan kaum ertragen konnte. Wir gingen oft zusammen feiern, aber nicht heute. Vermutlich in nächster Zeit gar nicht mehr. Ich schüttelte den Kopf.

Paul hob die Augenbrauen. »Irgendeine Tussi, die dich bespringen will?«

Hatten wir immer so mies über Frauen gequatscht? Scheiße. Die Frage brauchte ich gar nicht zu stellen.

»O-okay«, dehnte er das Wort in die Länge. »Dann wohl Filmabend bei Lily. Cool. Bin dabei.« Dabei klatschte er zufrieden in die Hände. Jedes verdammte Mal wollte er mitkommen, wenn er seinen Hintern nach Philli bewegte. Automatisch dachte ich daran, wie die Hände meines Bruders an Lilys Körper klebten. *Jetzt drehe ich völlig durch.* Schnell setzte ich die Bierflasche wieder an und spürte Pauls wissenden Blick auf mir. Natürlich. Er bemerkte alles.

Paul mochte die Uni abgebrochen haben, um in Unterwäsche Geld zu verdienen, aber er hatte ein so gutes Auffassungsvermögen wie kaum jemand sonst.

»Kein Filmabend bei Lily?«, fragte er zögerlich.

»Kannst du mal aufhören zu nerven?«, fuhr ich ihn an und stand auf. Ich schmiss die leere Flasche in den Müll und lehnte mich an die Küchentheke. »Monatelang hast du dich nicht blicken lassen. Dann finde ich dich unangekündigt, dafür aber halbnackt in meiner Bude und du stellst Fragen über Dinge, die dich einen Scheiß angehen!«

Paul zögerte. »Okay, nur zum Mitschreiben. Du willst

also informiert werden, wenn ich in deiner Bude rumhure? Gut. Ab sofort schick ich eine Brieftaube, wenn ich Bock auf einen Quickie habe. Damit wäre das geklärt«, stellte er klar und zwinkerte mir zu. Pauls Worte klangen, als wäre er das selbstgefälligste Arschloch der Nation. Manchmal stimmte das auch. Aber ich kannte ihn gut genug, um zu wissen, dass er mich nur aufzog, damit ich lockerer wurde. Es funktionierte. Ich musste grinsen. »Und jetzt verrate deinem großen Bruder mal, warum du aussiehst, als hätte dir jemand in die Eier getreten.«

Ich verdrehte die Augen. Auch wenn er meistens völligen Schwachsinn redete, traf er mit Vermutungen fast immer ins Schwarze.

»Es ist nichts«, tat ich die Sache ab.

»Bullshit! Ihr habt beschissen gespielt, aber daran liegt deine noch beschissenere Laune sicher nicht.«

Paul verfolgte also immer noch die Uni-Footballergebnisse. Klasse. »Und warum nicht?«, fragte ich seufzend.

»Weil du sonst längst auf irgendeinem Mädchen liegen würdest, um dir von ihr sagen zu lassen, wie toll du doch bist. Aber nein, du stehst hier und hörst deinem überaus attraktiven und cleveren Bruder zu.«

Wieder hatte er recht. Den letzten Teil ignorierte ich, aber dass ich mein Ego mit unverbindlichen Abenteuern fütterte, war jedem bekannt. Nie im Leben hätte ich gedacht, dass mir das irgendwann zu schaffen machen würde. Aber jetzt war es der Fall. Wenn Chase mich schon darauf aufmerksam machte und Paul es gerade bestätigte, was musste Lily dann über mich denken? Schön, sie kannte mich und meinen Frauenverschleiß. Die Frage war aber eine ganz andere: Wäre ich einer Frau wie Lily würdig? Und wollte sie überhaupt, dass ich ihrer würdig war?

Sie akzeptierte mich schon seit zwei Jahren als den Kerl, der ich nun mal war. Aber konnte sie das auch, wenn dieser Kerl eben *sie* wollte?

Ein Kuss war ein guter Anfang, aber dass sie sich heute nicht bei mir gemeldet hatte, war nicht unbedingt ein gutes Zeichen. Und ein Kuss reichte mir auch nicht! Sonst hörte ich nie nach dem Küssen auf. Wenn ich früher die Bestätigung einer Frau wollte, schlief ich mit ihr und verzog mich dann. Da wären wir wieder bei Pauls liebstem Thema *Ego aufpolieren*. Dass das bei Lily nicht der Fall war, war selbst mir klar.

»Hast du manchmal das Gefühl, dass du genauso wie Dad wirst?«

Keine Ahnung, woher das Bedürfnis kam, mit Paul zu reden. Es war plötzlich einfach da. Ja, er war mein Bruder und ja, vielleicht hatte ich ihm meinen Zweitschlüssel nicht nur für den Notfall gegeben. Aber über Gefühle reden? Nein. Das waren Paul und ich nie gewesen. Bis jetzt.

Mein Bruder sah mich überrascht an. Kein Wunder. Wir sprachen nie über unsere Erzeuger.

»Ehrlich gesagt würde es mich nicht wundern, wenn wir so werden würden wie er«, antwortete Paul nach einer Weile. Dann schnaubte er. »Manchmal sage ich Dinge genau wie Dad früher. Oder mache eine seiner Gesten. Dann schüttle ich mich kurz, reiße mich zusammen, und schon ist dieser Gedanke wieder vergessen.«

Wir beide hatten in unserem Leben nie Geldsorgen gehabt. Dafür hatte Dad gesorgt. Aber Geld allein sorgte nicht für eine glückliche Kindheit. Wie auch? Ich war gerade sechs und dummerweise früher vom Training nach Hause gekommen, als Mom Dad das erste Mal mit einer anderen erwischt hatte. Scheiße, ging das damals rund zu

Hause. Zwei Wochen später feierten wir Mom und Dads zehnten Hochzeitstag, als wäre nie etwas gewesen. Die Pseudo-Happy-Family-Scheiße lief durch unsere gesamte Kindheit. Dad machte regelmäßig Überstunden und vögelte irgendeine Praktikantin und Mom ignorierte den leeren Teller am Abendbrottisch, wenn wir auf ihn warteten. So zog sich der leere Teller durch meine Jugend, bis Paul dann mit achtzehn auszog. Ich nahm es ihm nicht übel.

Früher hatte ich immer verdrängt, dass Dad sich durch halb Philli gevögelt hatte. Generell vermied ich jeden Gedanken an meinen Erzeuger. Mit allem, was ich tat, wollte ich mich von ihm abgrenzen – schnell von zu Hause weg wie Paul, das Footballspielen, keine Rechts-Kurse, keine fixen Zukunftspläne. Aber … war ich ihm in den letzten Jahren nicht doch verdammt ähnlich geworden?

»Und wenn wir so werden wie sie?«, fragte ich Paul und war nicht mal überrascht über die Verzweiflung in meiner Stimme. »Scheiße. Die beiden kriegen nichts gebacken. Ihre Kanzlei läuft, sie bunkern Geld ohne Ende, aber zwischenmenschliche Beziehungen? Echte Beziehungen? Was, wenn wir das auch nicht auf die Reihe bekommen?«

Paul überlegte lange. Dann schüttelte er entschieden den Kopf. »Wir sind nicht wie sie. Wir wissen, was falsch läuft. Das bedeutet etwas.«

Tat es das? Ich hatte absolut keine Ahnung.

Es hatte bisher nur wenige Momente, wenige Situationen gegeben, in denen ich nicht weitergewusst hatte. Meistens verzog ich mich auf Partys und dann in fremde Betten, wenn ich keine Lösung für irgendein Problem fand. Aber Lily ignorieren? Wie zum Teufel sollte ich das machen? Ich wollte sie nicht ignorieren! Ich empfand etwas für sie, verdammt, und zwar mehr als bloße Freundschaft. Aber was, wenn sie gar nicht bereit dazu war, mir eine Chance zu geben? Und … wenn sie es doch tat? Was war dann mit unserer Freundschaft? Nie könnte ich auf die gemeinsamen Abende mit Lilymaus verzichten. Ich könnte nicht auf *sie* verzichten. Aber nur Freundschaft zwischen uns könnte ich nach diesem Kuss auch nicht länger ertragen und ich verfluchte mich dafür, diesen Mist ganze zwei Jahre durchgezogen zu haben, ohne sie einmal … anders anzusehen. Mein Kopf schwirrte von all den Fragen.

»Gibt es einen speziellen Grund, warum du dich das fragst?«, riss Paul mich aus meinen Gedanken. »Lily, richtig?«, setzte er nach.

Ich seufzte und schüttelte den Kopf.

»Shawn, ich rieche es zehn Meilen gegen den Wind, wenn du lügst.«

Verdammt.

»Hat mich eh immer gewundert, wie ihr das …« Paul wischte mit der Hand herum. »… zwischen euch rein platonisch halten konntet.«

Ja, mich auch, verdammt. Ich war nicht der Typ für platonischen Scheiß. Folglich musste da schon früher etwas zwischen uns gewesen sein. Nur war es mir entgangen. Oder ich wollte es nicht wahrhaben.

»Und jetzt hasst sie dich, oder? Du hast es vermasselt.«

Stirnrunzelnd blickte ich Paul an. »Was?«

»Ich rede von Lily. Du hast sie gevögelt und …«

»Hey, warte mal! Ich habe sie nicht … Ich habe nicht mit ihr geschlafen.«

Jetzt war es Paul, der völlig verwirrt aussah. »Hast du nicht?«

»Scheiße, nein!«, fluchte ich und öffnete den Kühlschrank, um … na ja, um hineinzustarren und ihn einfach wieder zu schließen. »Ist jetzt nicht so, dass ich nicht wollen würde. Aber …« Ich kniff mir in den Nasenrücken. »Es ist kompliziert.« Dieses ganze Gedankenkarussell würde mich früher oder später noch umbringen.

»Gott sei Dank.« Paul klang erleichtert.

»Schön, dass du dich über meine Verwirrung freust! Ein guter Rat wäre hilfreich, Arschloch.«

Paul schmunzelte. »Mein Rat? Hier hast du ihn: Lily ist kein Betthäschen, das du benutzen und dann wegwerfen kannst. Brichst du ihr das Herz, breche ich dir das Genick.« Er zuckte mit der Schulter. »Sie ist wie eine Schwester für mich.«

Natürlich. »Und ich bin nur dein leiblicher Bruder, aber gut, dass du meinst, ich würde ihr das Herz brechen.«

Ich hatte etlichen Frauen das Herz gebrochen, das war mir schon klar. Dennoch passte es mir nicht, dass Paul andeutete, ich würde Lily nur benutzen wollen.

Paul stand auf und schlenderte zu mir. »Du hast schon krassere Nummern abgezogen. Erinnern wir uns mal an die Tochter vom Direx, die du …«

Ich packte ihn am Kragen. »Lily ist etwas Besonderes! Vergleich sie noch einmal mit diesen eingebildeten Tussis, dann …«

Pauls Grinsen brachte mich völlig aus dem Konzept. Ich ließ ihn los.

»Warum sagst du das mir und nicht ihr?« Er verschränkte die Arme vor der breiten Brust. »Weißt du was? Ich glaube, ich besuche Lilymaus mal. Hab sie vermisst.«

Er benutzte mit Absicht meinen Spitznamen für sie. Und dieses fette Grinsen konnte er sich auch sparen.

»Das wirst du ganz sicher nicht!«

Paul zuckte mit der Schulter. »Du kannst mich aufhalten. Oder du kommst einfach wie ein Erwachsener mit, um diesen Kindergarten endlich zu beenden.« Er schlenderte zur Garderobe, zog sich seine Lederjacke an und ignorierte mich komplett. *Blöder großer Bruder!*

»Kindergarten? Ist dir schon mal in den Sinn gekommen, dass sich zwischen Lily und mir alles verändert? Ich meine, wenn ich es vermassle. Und seien wir mal ehrlich, meine Gene beweisen doch …«

Paul fuhr herum. »Deine Gene, *meine* Gene, beweisen einen Scheiß! Ich kann natürlich auch allein zu ihr gehen und …«

»Vergiss es!«

Im Laufschritt schloss ich zu ihm auf, schnappte meine Jacke vom Haken und griff nach meinen Schlüsseln. »Und nenn sie verdammt noch mal nicht Lilymaus. Ist das klar?«

Paul salutierte. »Glasklar.«

Er hielt sich genau zwanzig Minuten daran. Nachdem wir ohne ein weiteres Wort mit meinem Jeep zu Lily gefahren waren, spürte ich eine Nervosität, die sich nicht mal vor einem wichtigen Spiel bemerkbar machte.

Als Lily die Tür öffnete, rief Paul fröhlich: »Lilymaus!«

Bevor sie sich versah, fand sie sich in seinen Armen wieder. Sie nuschelte eine Begrüßung, die ich nicht verstand, weil ihr Gesicht an seine Brust gedrückt wurde. Ich biss mir auf die Innenseite meiner Wange, um runterzukommen. Paul war schon immer so herzlich mit Lily gewesen. Einerseits gefiel mir das, andererseits hätte ich ihn gern von ihr weggezogen.

Lily ließ Paul los und dann fiel ihr Blick auf mich. Mir blieb die Spucke weg. Einfach, weil ihr Blick mich fesselte.

»Shawn.«

Hatte sie sich geräuspert? Ich war mir nicht sicher. Zu sehr verwirrte mich mein trockener Mund. »Lily.« Meine

Stimme klang brüchig, weil mein Puls in die Höhe schoss. Meine Hände fühlten sich schwitzig an.

»Ey, Mann, alles klar?«, fragte mich Paul, während wir Lily in die Wohnung folgten. Er schloss die Tür. Mein Blick fiel auf Lilys schnurgeraden Rücken, als sie durch den Flur lief. Automatisch nickte ich.

»Und wie alles klar ist.«

KAPITEL 11

LILY

Mir war, als wäre Hochsommer und ich lief in Skiklamotten durch den Flur. Dabei war ich barfuß und trug nur eine wadenlange Leggins und ein luftiges Trägertop. Puh! Diese Hitze war kaum auszuhalten und blöderweise zentrierte sie sich in meiner Körpermitte wie ein Glutofen, dessen einziger Zweck zu sein schien, abwärts zu strahlen. Ich zog meinen hohen Zopf fest, um meine zitternden Hände beschäftigt zu halten. *Entspann dich, Lily.*

Klar, super Idee. Shawn war hier, und solange dieser Umstand anhielt, würden auch meine Hormone Achterbahn fahren. Als Paul die SMS geschickt hatte, ob er auf einen Kaffee vorbeikommen konnte, hatte ich schon ein ungutes Gefühl. Allerdings sahen wir uns viel zu selten, weil Paul ständig um den Globus jettete, als dass ich ihm absagen wollte. Ich hätte ahnen müssen, dass da etwas nicht stimmte. Paul kam nie ohne seinen Bruder vorbei. Ich würde mich nicht wundern, wenn Shawn ihn als Vorwand benutzte, um mich zu sehen. Der Kuss war jetzt vierundzwanzig Stunden her und seitdem hatten wir kein Wort mehr gewechselt. Dabei gab es so viel zu klären.

In meinem Zimmer angekommen, ließ ich mich in den Ohrensessel am Fenster fallen. Nicht nur, dass ich von hier aus alles im Blick hatte, ich wollte auch verhindern, dass meine Beine nachgaben. Die fühlten sich nämlich an, als wären sie aus Gummi.

»Bemüh dich nicht«, sagte Paul grinsend. »Ich hole mir den Kaffee selbst aus der Küche.«

Verflixt.

»Er ist noch gar nicht gekocht«, gab ich zu.

Paul winkte ab, während Shawn sich auf den Schreibtischstuhl setzte.

»Vergiss den Kaffee, ich hol mir einen Wodka«, rief Paul auf dem Weg in die Küche. »Ihr habt doch Wodka im Haus?«

»Im Küchenschrank.«

»Noch jemand etwas Hochprozentiges?«, fragte er niemanden Bestimmten.

»Es ist noch nicht mal Mittag, Alter!«

Ich sah zu Shawn, der missbilligend die Stirn kräuselte, während ich die Knie bis ans Kinn zog und die Arme um die Beine schlang.

»Jetlag«, erklärte Paul. »Ich komme gerade aus Peking. Da ist es jetzt 20 Uhr.«

»Du hattest einen Modeljob in China?«, fragte ich baff.

»Fotoshoot für die *GQ*«, bestätigte er lässig.

Ich war beeindruckt.

Shawn kniff die Augen zusammen. »Prahl bei den Mädels rum, die du ins Bett kriegen willst.«

»Mache ich doch«, spaßte er und zwinkerte mir zu.

Shawn fand das nicht lustig. »Bist du sicher, dass du

heute Nacht nicht auf der Straße schlafen willst? Das wird nämlich passieren, wenn du weiter die Klappe aufreißt.«

Paul warf den Kopf in den Nacken und lachte. »Du mich auch, Bruderherz.«

»Hol einfach den Drink«, schnaubte Shawn. »Und bring noch zwei Cola für Lily und mich mit.«

»Für mich ein Wasser.«

Paul hob eine Braue. »Diät?«

Meine Wangen wurden warm. »Ich will nur weniger Zucker zu mir nehmen. Ist gesünder«, flunkerte ich. In Wahrheit hatte ich gestern mein komplettes Notfalleis verputzt und gleich noch eine halbe Tafel Vollmilchschokolade hinterher. Die Kalorienbomben hatten zwar meine Nerven beruhigt, aber meine Verwirrung über den Kuss blieb. Irgendwann setzte mein schlechtes Gewissen ein. Deshalb jetzt das Wasser.

»Na schön.«

Ich sah Paul hinterher, als er Richtung Küche verschwand. Seine Haare waren kürzer als bei seinem letzten Besuch und er trug einen Dreitagebart, der ihm wirklich gut stand. Beide Männer waren unbestreitbar attraktiv. Nur dass Pauls Gegenwart kein Bauchkribbeln in mir entfachte, oder das Bedürfnis, seinen Duft tief in meine Lunge zu saugen, um ihn dort für alle Ewigkeit zu konservieren.

Als wir allein waren, räusperte sich Shawn. »Lily, wegen gestern. Also, der Kuss …«

»Keine große Sache«, gab ich mich lässig. Das erwartete er jetzt von mir, da war ich sicher.

»Ach nein?« Shawn wirkte misstrauisch. Fast so, als hätte er tatsächlich gehofft, dass ich ihm in die Arme fallen und dort weitermachen würde, wo Sarah uns gestern unterbrochen hatte. Bei dem Kuss.

Mist. Wenn er mich weiter anstarrte, würde ich so was von nachgeben. »Nein. Wieso klingst du so erstaunt?«

»Weil ich es bin. Wir müssen darüber reden.«

Mein Puls legte einen Zahn zu. Ich verschränkte meine Hände so fest, dass die Fingerknöchel schmerzten. »Müssen wir nicht. War keine große Sache. Nur ein Kuss eben.«

»Keine große …« Shawn brach ab und fuhr sich durch die Haare. »Hast du dabei denn gar nichts gespürt?« Er klang eher frustriert denn neugierig. Ich starrte ihn völlig überfordert an.

Was sollte ich darauf antworten? Die Wahrheit? Dass ich noch nie von einem Mann so geküsst worden war wie von ihm? Dass ich mich auf ihn werfen und sein Shirt in Fetzen reißen wollte, um jedem seiner göttlichen Brustmuskeln mit den Lippen zu huldigen? Und mich mit dem Geständnis bis auf die Knochen blamieren? No way! Schön, die Luft hatte geknistert, als sich unsere Lippen berührt hatten. Nein, sie hatte förmlich gebrannt! Aber das hatte nichts zu bedeuten. Shawn küsste alle naselang irgendwelche Frauen. Und er war gut darin. Er hatte nur gefragt, um seinem Ego zu schmeicheln, wenn ich bestätigte, wie gut er war. Nicht mehr und nicht weniger.

Aber seine wachsamen Augen sagten etwas anderes, als er mich nun fixierte. Darin stand nicht nur männliches Interesse, sondern auch … vage Hoffnung. Ich biss mir auf die Lippe. Konnte das sein? War der Kuss für ihn mehr gewesen als ein bloßer Kuss? Langsam verlor ich wirklich den Verstand.

»Hör auf damit«, sagte er rau. »Wenn du auf deine Lippe beißt, muss ich ständig daran denken, wie gerne ich dich wieder küssen würde.«

»Äh … was?« Er wollte den Kuss wiederholen? Ich

starrte Shawn herzklopfend an, doch er schwieg. Erst als Paul mir das Wasser reichte, bemerkte ich, dass er zurückgekommen war.

Ich blinzelte zu ihm hoch und nahm ihm das Glas ab. »Danke.«

»Du sieht aus wie ein Reh im Scheinwerferlicht.« Paul warf Shawn eine Coladose zu, die dieser mit einer Hand fing. »Was hast du angestellt, Alter?«

Shawn stieß die Luft aus. »Halt die Klappe und trink deinen Wodka.«

Paul nahm einen Schluck und grinste. »Also ein Sexgespräch.«

Ich presste die Knie zusammen, um das Ziehen zwischen meinen Beinen zu kontrollieren. »Könnt ihr Typen eigentlich nur an das eine denken?«

»Liegt in unseren Genen«, erwiderte Paul und lehte sich mit der Hüfte lässig gegen den Schreibtisch. »Frauen denken dafür alle zwei Sekunden ans Shoppen.«

»Genau!«, rief ich schnaubend. »Womöglich ans Shoppen von Dessous, damit Typen etwas fürs Kopfkino haben.«

»Kluges Köpfchen.«

»Lass das Flirten!«, zischte Shawn seinem Bruder zu.

»Ich unterhalte mich nur«, verteidigte er sich. »Oder, Lily? Fühlt es sich an, als würde ich mit dir flirten?«

»Kann ich schlecht beurteilen.« Ich trank einen Schluck und stellte das Glas dann auf dem Tischchen neben mir ab. »Bin etwas eingerostet, was das angeht. In der letzten Zeit hat sich nur ein Mann auf diese Weise für mich interessiert, und der hat nicht von seinen Sexabenteuern geprahlt. Das macht für gewöhnlich nur Shawn.«

Paul hustete Wodka, während ein Muskel in Shawns sonst starrem Gesicht zuckte.

»Mein Bruder benutzt dich als seelischen Mülleimer?«, fragte Paul, nachdem er tief durchgeatmet hatte.

»Paul«, knurrte Shawn warnend, sein Bruder ignorierte ihn.

»Erzähl doch mal, Lily. Was ist das für ein Typ, der dein Herz erwärmt?«

»Herz erwärmt?«, fragte Shawn ungläubig. »Hast du Drogen genommen?«

»Ich bin nur höflich.«

Shawns Antwort bestand aus einem Schnauben.

»Es läuft noch nicht lange. Wir hatten erst ein Date«, klärte ich Paul auf, bevor die beiden wieder streiten konnten. Irgendwie war Shawn heute nicht gut auf seinen Bruder zu sprechen. »Aber er ist zuvorkommend, witzig und er kann tanzen.«

Allerdings bestand nicht die Gefahr, mich in Chase zu verlieben. Ich hatte es anfangs gehofft, um Shawn aus dem Kopf zu bekommen. Hatte aber nicht funktioniert. In Chase' Gegenwart fühlte ich mich wohl, mehr aber auch nicht.

»Wow.« Paul wackelte mit den Augenbrauen. »Typen, die tanzen können, sind Granaten im Bett. Mein Tipp: Schlaf mit ihm, und zwar pronto.«

Mir entging nicht, wie er verstohlen zu Shawn schielte. Was war zwischen den beiden passiert?

»Steck dir deine Tipps dahin, wo die Sonne am wenigsten scheint«, knirschte Shawn durch zusammengebissene Zähne. »Sie spricht von Chase Mac Valm.«

»Der Linebacker der *Penn Quakers*?«

Shawn nickte knapp.

»Das ist natürlich …«

»Was ist es?«, fiel ich ihm genervt ins Wort.

»Nicht der Typ Mann für süße, eingerostete Frauen wie dich.«

Ich verkniff mir ein genervtes Augenverdrehen. Außerdem hatte ich keine Lust, mit Paul zu diskutieren – er war nicht weniger überzeugt von seiner Meinung als Shawn (lag vermutlich in der Familie), also blieb ich still. Pauls Blick pendelte zwischen Shawn und mir.

»Hat Chase sich letztes Jahr nicht einen Tripper eingefangen und wusste nicht, woher, weil er in der Woche mit sieben Mädchen geschlafen hatte?«

»Jup«, bestätigte Shawn grimmig.

»Scheiße.« Paul knallte seinen Wodka auf den Schreibtisch, dass die Flüssigkeit im Glas nur so schwappte. »Definitiv nichts für Lilymaus!«

Jetzt verdrehte ich doch die Augen. Das Bedürfnis, Chase zu verteidigen, gewann in mir Oberhand. »Er ist nicht so schlimm, wie Shawn ihn darstellt«, hielt ich dagegen. »Chase hat mir von der Orgie erzählt. Es ging um eine Wette, die ein paar Spieler mit den Studentinnen der *Alpha Kappas* am Laufen hatten. Chase hat nur mitgemacht, um das Team nicht im Stich zu lassen.«

»Bullshit!«, zischte Shawn. Paul stieß einen Pfiff aus.

»Du wärst auch daran beteiligt gewesen«, erinnerte ich Shawn. »Wenn du nicht ein Extratraining hättest absolvieren müssen, weil du den Coach angemacht hattest.«

Shawn murmelte etwas Unverständliches.

»Was?«

»Er sagte …«, begann Paul.

»Ich kann selbst reden, Mann!«, fuhr Shawn ihm dazwischen. »Chase ist nicht gut genug für dich. *Das* habe ich gesagt.«

So etwas hatte ich mir schon gedacht. Aber es war das, was er *nicht* gesagt hatte, das die Kette um meine Brust zusammenzog. Ich trank einen Schluck Wasser, um nicht antworten zu müssen. Shawn beobachtete mich dabei, aber ich mied seinen Blick. Ahnte er, dass ich daran dachte, wie es wäre, mit *ihm* zusammen zu sein?

»Vielleicht sollte Lily selbst entscheiden, wer in ihr feuchtes Höschen darf und wer nicht«, kommentierte Paul trocken.

Okay, jetzt reichte es endgültig!

»Können wir bitte das Thema wechseln?«

Paul legte den Kopf schräg. Seine hellen Augen blitzten auf. »Jetzt, da es spannend wird? Sei keine Spielverderberin.«

Spielverderberin? Ha! Das wäre dein kleinstes Problem, wenn du noch einmal mein feuchtes Höschen erwähnst. Ich mochte Paul, aber seine große Klappe nervte manchmal. Er wusste einfach nicht, wann es genug war. Doch bevor ich ihm das sagen konnte, fiel die Haustür ins Schloss. Schnelle Schritte klapperten durch den Flur, dann stürmte Sarah ins Zimmer. Gott sei Dank! Die Kavallerie. Ich konnte ihr nicht mal böse sein, weil sie wieder nicht klopfte. Denn wenn Sarah zu etwas gut war, dann, um für Ablenkung zu sorgen.

»Lily, kannst du …« Sie stockte, als sie bemerkte, dass ich nicht allein war. »Paul!«, rief sie begeistert, marschierte auf ihn zu und warf sich ihm in die Arme. Das funktionierte deshalb so gut, weil er sich vom Schreibtisch abgestoßen hatte. Sarah gab ihm einen Kuss auf den Mund, als wären Shawn und ich nicht im Raum, und hinterließ roten Lippenstift an Pauls Lippen. Er wischte ihn grinsend mit dem Handrücken weg.

»Die Begrüßung gefällt mir. Ist um Längen besser als die meines Bruders.«

Shawn warf ihm einen bösen Blick zu, den Paul aber nicht bemerkte, weil er voll und ganz auf Sarah fixiert war.

»Wie lange bleibst du?«, fragte sie und warf ihre blonde Löwenmähne zurück.

»Lange genug, um unser Wiedersehen ausgiebig zu feiern.«

»Das wollte ich hören«, schnurrte sie zufrieden.

Dieses Balzverhalten ging mir auf den Keks.

»Wolltest du etwas Bestimmtes?«, mischte ich mich ein, damit Sarah zum Punkt kam.

»Hä?« Sie sah mich mit ihren schwarz umrahmten Augen groß an.

»Der Grund, warum du ohne anzuklopfen mein Zimmer stürmst.«

»Ach so … ähm … nö, hat sich erledigt«, sagte sie abwesend.

Während Paul und Sarah einander anschmachteten und die Welt um sich herum zu vergessen schienen, stand ich auf und ging zu Shawn. »Wir sollten doch reden. Allein«, sagte ich leise. Ich hatte plötzlich das dringende Bedürfnis nach einer Aussprache. Irgendwann würde die ohnehin fällig werden. Warum also warten?

Er seufzte und fuhr sich durchs Haar, bis es zu allen Seiten abstand. »Sehe ich auch so. Paul?«

»Hm?« Paul, der gerade Sarahs königsblaues Seidentop bewunderte – vermutlich ein Vorwand, um ihre Brüste anzustarren, die fast aus dem tiefen Ausschnitt sprangen – spähte über die Schulter.

»Gibt es nicht irgendwo eine Party, die ihr crashen könnt?«

»Die gibt es tatsächlich!«, warf Sarah ein. »Im *Founding Fathers*! Das wäre was für uns, Paul.« Sie klang richtig aufgeregt. Dann bemerkte sie ihren Fauxpas und sah mich entschuldigend an. »Ihr könnt natürlich auch mitkommen ... ähm ...«

»Wenn wir unbedingt wollen«, ergänzte ich den Satz.

Sie grinste schief. »Genau.«

»Lass mal. Lily und ich bleiben hier«, verkündete Shawn.

»Sicher?« Sarah drehte eine Haarsträhne um den Finger. »Ich meine, du siehst deinen Bruder ja auch nicht alle Tage. Wenn ich ihn dir jetzt vor der Nase wegschnappe, bekommst du ihn vor morgen Mittag nicht wieder.«

»Damit komme ich klar.«

Paul verkniff sich ein Grinsen, während Sarah erleichtert wirkte. Ich konnte mir schon vorstellen, was sie und Paul die kommenden Stunden so treiben würden, und ganz ehrlich? Ich würde lieber über glühende Kohlen laufen, als Zeuge des Techtelmechtels zu werden, das Hundert pro im Zimmer nebenan später in die nächste Runde ging.

»Na los! Verschwindet schon und treibt was auch immer zusammen«, gab ich den beiden grünes Licht.

»Das lassen wir uns nicht zweimal sagen, hm?« Sarah sah Paul mit glühendem Blick an.

Dieser leckte sich über die volle Unterlippe. »Lass uns Spaß haben, Babe.« Er streckte den Arm aus und Sarah verschränkte ihre Hand mit seiner. Fast wäre ich neidisch geworden. Bei den beiden sah alles so einfach aus.

Zehn Sekunden später fiel die Tür ins Schloss und Shawn und ich waren allein. Mein Herz klopfte so laut in der Brust, dass es selbst die Nachbarn hören mussten.

»Also«, sagte ich verlegen. »Wer fängt an?«

Shawn erhob sich, setzte sich aufs Bett und klopfte

neben sich. »Komm erst mal her. Wir machen es uns gemütlich.«

Ich tat ihm den Gefallen, hielt aber Abstand.

»Näher!«, bestimmte er. »Ich beiße nicht.«

Da bin ich mir nicht so sicher.

Ich rutschte zu ihm ran, bis kein Blatt mehr zwischen uns passte. Er roch nach einem frischen Aftershave. Herrlich. »Ist es dem Herrn so genehm?«, fragte ich trocken.

Er legte einen Arm um mich und nickte. »So ist es perfekt.«

Perfekt wäre es, wenn wir den Fernseher anschalten könnten und einen Serienmarathon vor uns hätten. Aber wir mussten ja unbedingt ein Gespräch führen. Das sich vermutlich so anfühlen würde, als würde ich bei lebendigem Leibe gehäutet werden. Warum ich das annahm? Weil wir an einem Wendepunkt angekommen waren. Ich wusste es, Shawn wusste es. Bei Gesprächen dieser Art gab es hinterher immer einen Verlierer. Ich brauchte kein Hellseher sein, um zu wissen, wer von uns beiden das sein würde.

Na schön. Augen zu und durch.

»Ich bin nicht in Chase verliebt«, platzte es aus mir heraus.

Shawn blinzelte. »Gut zu wissen.«

Ich betrachtete meine nackten Zehen. »Es fühlt sich nicht richtig zwischen uns an. Nicht so wie bei …«

»Ja?«, fragte Shawn rau.

Ich antwortete nicht.

»Lily? Lily, sieh mich an.«

Shawns Blick nagelte mich fest, als ich gehorchte. Ich biss mir auf die Lippe. »Bei niemandem. Schon gut.«

Shawn strich mir eine Strähne hinters Ohr. »Ich wünschte, du würdest deine Antwort noch mal überdenken«, sagte er sanft und zögerte kurz. Dann legte er die Hand an meine Wange. »Ich wünschte … du würdest meinen Namen stattdessen sagen.«

Ich fragte mich, ob ich so überrascht aussah, wie ich mich fühlte. Jedenfalls musste ich ein merkwürdiges Geräusch gemacht haben, denn Shawn grinste verschmitzt.

»Netter Versuch, aber wie mein Name klang das nicht. Eher wie das Grunzen eines Frischlings, der gegen die Wand gerannt ist.«

Ich boxte ihn gegen die Schulter. »Du kannst so herrlich romantisch sein.«

»Nur bei dir, Darling.«

Shawn wusste genau, dass ich bei diesem Spitznamen Zahnschmerzen bekam. Er wollte die Stimmung auflockern. Und es funktionierte, wir lachten beide. Als wir uns wieder beruhigt hatten, drehte Shawn mich herum und drapierte meine Beine über seinen Schenkeln. Dann begann er, meine Waden mit sanftem Druck zu massieren. Ich schloss selig die Lider. Eine Weile saßen wir nur da, bis Shawn schließlich seufzte.

»Warum versuchen wir es eigentlich nicht miteinander?«

Ich war zu entspannt, um hochzufahren. Also öffnete ich nur ein Auge. »Ist das eine Fangfrage?«

»Nein. Ich meine es ernst. Was stört dich daran?«

Ich schloss das Auge wieder und legte Kopf zurück gegen das Bettgestell. »Weil das völlig verrückt wäre.«

»Warum?«

Ich sprach aus, was mich seit Tagen beschäftigte. »Weil wir beste Freunde sind.« Ich setzte mich auf. Shawns Hände auf meinen Waden hielten still. »Du benimmst dich merkwürdig in letzter Zeit und ja, ich habe mir meine

Gedanken gemacht, woran das liegen könnte«, teilte ich ihm mit. Ich hatte es nur immer wieder verdrängt. »Die Möglichkeit, deine Gefühle für mich könnten über bloße Freundschaft hinausgehen, habe ich dabei vage in Erwägung gezogen.«

Keine Ahnung, ob ich eine Riesendummheit begangen hatte, ihm das alles zu gestehen. Aber ich musste es tun. Jahrelang hatte ich geschwiegen. Jetzt fühlte es sich an, als würde ein Wackerstein von meinem Herzen fallen. Ein gutes Gefühl.

Shawn stutzte. »Moment mal. Warum sprechen wir nur von meinen Gefühlen? Was ist mit dir? Hat sich bei dir denn nichts verändert? Lily, verdammt! Die Luft zwischen uns knistert förmlich seit Tagen und erzähl mir jetzt nicht, das lässt dich kalt!«

Ich verschränkte meine Hände im Schoß. »Ich spüre es auch.«

»Gott sei Dank«, sagte er erleichtert, sein Kinn sackte zur Brust.

»Aber … schon viel länger als du«, setzte ich leise nach.

»Was?« Shawns Kopf ruckte hoch. »Was hast du gesagt?«

Ich zögerte.

»Lily?«

Ich stieß die Luft aus, mied aber seinen Blick. »Also … Ich fühle schon lange so für dich. Genau genommen, seit du vor zwei Jahren in meinem Bett gelandet bist.«

So, nun war es raus.

»Fuck!« Shawn schob meine Beine zur Seite und sprang auf. Wie ein Soldat marschierte er durchs Zimmer und strich sich dabei immer wieder durch die Haare. Wäre es nicht so abwegig, könnte man meinen, er wolle eine Schneise in den Holzboden laufen. Ansehen tat er mich dabei allerdings nicht. Bis er plötzlich stehen blieb, zu mir kam und die Luft ausstieß. »Warum zum Henker hast du nichts gesagt?«

Weil ich Angst vor einer Abfuhr hatte. Weil der bloße Gedanke, du könntest dich für mich interessieren, zu lächerlich war, um ihn weiterzuspinnen, und weil ich dich verdammt noch mal nicht verlieren wollte. Denn das wäre passiert, weil du mich mit anderen Augen gesehen hättest. Und ich weiß doch, wir sehr du anhängliche Frauen verabscheust.

Ich zuckte nur die Schulter und gab mich lässig. »Ich entspreche nicht gerade deinem Beuteschema und … ich wollte mich nicht blamieren, wenn du hörst, dass du meinem entsprichst.«

»Fuck!«, fluchte er wieder und kniff sich in die Nasenwurzel. Als er den Arm sinken ließ, erkannte ich statt Wut Erkenntnis und Schmerz in seinen schönen Augen. »Diese ganzen Fickgeschichten, mit denen ich dir ein Ohr abgekaut habe … das muss sich angefühlt haben, als würde ich dir das Herz aus der Brust reißen und drauf herumtrampeln.«

»Jepp«, bestätigte ich. »War 'ne Herausforderung.« Ich schaffte es, leicht zu lächeln, obwohl ich mich nicht so fühlte. »Mein Vibrator hatte gut zu tun während der letzten zwei Jahre.«

Das sollte ein Scherz sein, aber Shawn lachte nicht.

»Du hast es dir selbst besorgt und dabei an mich gedacht?«, fragte er kratzig.

Ich schluckte. Jetzt war es eh egal. »Ab und zu auch an Jude Law oder Ryan Gosling, aber ja, die meiste Zeit warst du meine Orgasmusvorlage.«

»Gott, Lily!«, stieß er aus.

»Du hast gefragt. Was … machen wir jetzt?«, fragte ich leise.

»Wir geben uns eine Chance«, erwiderte Shawn ebenso leise.

»Uns?«

»Du und ich. Als Paar.«

Um sicherzugehen, dass ich ihn richtig verstand, hakte ich nach. »Nur fürs Protokoll: Du meinst eine Affäre, Bettgeschichte oder so etwas in der Art, richtig?«

»Nein. Ich spreche von einer echten Beziehung. Ganz offiziell.«

»Händchenhalten, Knutschen in der Mensa, abends nebeneinander einschlafen und morgens zusammen aufwachen?«

Er nickte.

Ich biss mir auf die Lippe. Einerseits freute mich sein Vorschlag, sehr sogar. Die umherfliegenden Schmetterlinge in meinem Bauch bewiesen das. Andererseits …

Ich versteifte mich. »Shawn. Du führst nie Beziehungen. Du weißt gar nicht, wie das geht.«

»Dann lerne ich es eben«, sagte er entschlossen. »Ich möchte es mit dir versuchen. Ich will, dass *wir* es versuchen. Mir war noch nie etwas so ernst.«

»Ist es … nun ja … ist es, weil ich attraktiver für dich geworden bin, seit du mich umgestylt hast?« Ich musste es wissen.

Er mied meinen Blick.

Autsch.

»Okay, zumindest leugnest du es nicht«, sagte ich traurig.

Er setzte sich wieder neben mich. Als er meine Hand nahm, ließ ich es geschehen. »Da war schon immer etwas zwischen uns, Lily. Ich habe es damals gespürt, als ich in deinem Zimmer gelandet bin. Aber die Erinnerungen an die Nacht sind so vage, dass ich geglaubt habe, mir das

Knistern zwischen uns nur eingebildet zu haben. Dabei war es real. Ich brauchte nur eine Weile, um es zu erkennen. Ich bin ein egoistisches Arschloch.«

»Bist du nicht. Okay, vielleicht ein bisschen. Aber vergiss nicht, dass ich den weichen Kern hinter der harten Schale kenne. Du bist kein schlechter Mensch.«

Shawn zögerte. »Du klingst, als wärst du dir sicher.«

»Bin ich auch.«

Sein Adamsapfel hüpfte, als er schluckte. »Als ich sagte, du hättest etwas Besseres als Chase verdient, war das mein Ernst. Du hast auch etwas Besseres als mich verdient, aber ich bin egoistisch genug, dich trotzdem für mich haben zu wollen. Ich weiß, dass ich impulsiv bin und oft Ärger mache. Es ist diese Wut, die unterschwellig in mir brodelt. Selbst wenn ich wollte, kann ich sie nicht immer kontrollieren. Aber ich kann es versuchen. Ich kann mich ändern, Lily. Für dich.«

Ich nickte. »Das glaube ich dir sogar. Aber ich will nicht, dass du dich für mich verbiegst.« Das wäre das Letzte, was ich wollte. »Wenn wir diese … Sache zwischen uns wirklich versuchen wollen, kann das nur funktionieren, wenn wir authentisch bleiben. Und wir müssen ehrlich zueinander sein. Falls einer auch nur den Hauch von Zweifeln verspürt, muss er sofort die Reißleine ziehen.«

»Okay«, stimmte Shawn zu. Er wirkte entschlossen, erleichtert und aufgeregt zugleich.

»Und keine anderen Frauen mehr. Kein Kuss, kein Fummeln.« Ich überlegte kurz. »Flirten ohne feste Absichten wäre okay. Du sollst dich ja langsam entwöhnen.«

»Ich bin für ganz oder gar nicht. Ab sofort sehe ich keine Frau mehr an als dich.«

Ich verdrehte die Augen. »Übertreib es nicht.«

»Kein Scherz. Seit ich beschlossen habe, mit dir zusammen zu sein, könntest du mir eine nackte Katy Perry auf den Schwanz binden und es würde mich nicht die Bohne interessieren.«

Ich musste grinsen. »Kann ich das schriftlich haben?«

»Ein Vertrag wie bei Shades of Grey?« Er hob eine Braue und sah damit verdammt sexy aus. »Nur, wenn auch alle anderen Punkte erfüllt werden.«

»Ich stehe nicht auf Fesseln«, quiekte ich etwas schrill. »Und auf Schmerzen auch nicht. Glaube ich zumindest. Nein, ganz sicher! Keine Fesseln, keine Peitschen oder wie auch immer diese Dinger, mit denen Christian Anna verhauen hat, heißen.«

»Wir werden sehen«, meinte er schmunzelnd.

Ich wusste, dass wir nur spaßten, aber so, wie er mich ansah, könnte auch ein Funke Wahrheit in seinem Vorschlag stecken. Shawn war ein Bad Boy. Wir hatten nie über seine sexuellen Vorlieben gesprochen, zumindest nicht im Detail, aber ich wäre dumm, anzunehmen, dass er auf Blümchensex stand. Na ja, so richtig stand ich ja auch nicht drauf. Ein bisschen *Bow Chicka Bow Bow* wäre nicht schlecht …

»Ich weiß, was du denkst.«

Ich wurde rot.

»Und dass du jetzt rot wirst, beweist, dass ich recht habe.«

Das Thema wollte ich jetzt nicht vertiefen. Meine Gefühle fuhren Achterbahn. Mir schwindelte vor Glück, auch wenn ich noch nicht glauben konnte, dass ich die Frau an Shawns Seite sein würde. Später würde ich mich kneifen, um zu wissen, dass ich nicht geträumt hatte.

Ich spielte an seinem Shirtkragen herum. »Wenn das mit uns nicht klappen sollte … was dann?«

Er hob meine Hand an den Mund und küsste jeden Fingerknöchel einzeln, ohne mich aus den funkelnden Augen zu lassen. »Es wird funktionieren«, sagte er im Brustton der Überzeugung. »Wir müssen nur fest genug daran glauben.«

KAPITEL 12

SHAWN

»Was meinst du?«

Paul sah mich durch seine neue *Ray Ban*-Brille für mehrere Sekunden einfach nur an, als ich ihm eine Sonnenblume vor die Nase hielt. Es war doch eine Sonnenblume, oder?

»Ich meine, dass du völlig durchgeknallt bist. Reicht nicht einfach Schokolade?«

Paul ging mir so was von auf den Sack.

Nachdem Lily und ich tatsächlich beschlossen hatten, es miteinander zu versuchen, hatten wir noch ein wenig geknutscht – aber ohne Fummeln, denn wir wollten es langsam angehen lassen. Hinterher hatte Lily sich an mich gekuschelt und wir waren auf dem Sofa eingeschlafen. Es war nicht das erste Mal, dass wir zusammen eingepennt waren. Aber es passierte das erste Mal als Paar. Unglaublich, oder? Da kamen Paul und ich völlig uneigennützig – wer's glaubt! – bei ihr an und sie offenbarte mir, eigentlich schon immer in mich verknallt gewesen zu sein! Gab es bessere Neuigkeiten? Fuck, nein!

Noch besser war nur dieser Morgen gewesen. Was schon mit Lilys Flüstern begann …

»Aufwachen, Shawn.«

Ich blinzelte träge, als ihre leise Stimme an mein Ohr drang. Mein Rücken schmerzte, mein Schwanz war steinhart und Lilys Anblick in diesem schwarzen, engen Bleistiftrock und der weißen Bluse half meinem kleinen Freund auch nicht dabei, sich zu beruhigen.

»Wie spät ist es?«, murmelte ich.

»Zu spät. Ich muss los. Mein Vorstellungsgespräch …«

»Dein …« Ich begriff ihre Worte erst, als sie mir bereits einen Kuss auf die Wange hauchte und sich dann aus meiner Reichweite schlich.

»Moment. Du hast …« Ich fiel auf den Boden, weil dieses Sofa scheiße schmal war, und rappelte mich schnell wieder auf. »Du hast heute dein Vorstellungsgespräch?«

Lily zog sich gerade einen Blazer über die Bluse. Ihr Haar war streng zusammengebunden. Meine oberheiße Bibliothekarin …

»Ja, ich weiß. Ich hätte es dir sagen sollen, aber dieses ganze Gerede über ›die Luft, die da zwischen uns funkt‹ hat mich etwas durcheinandergebracht«, gab sie nervös zu.

Ich lächelte. »Das hat dich durcheinandergebracht? Gut zu wissen. Was war dann erst bei dir zwischen den Beinen los, als wir uns in den Schlaf geküsst haben?«

Sie lief dunkelrot an. Scheiße. Das musste ihr doch nicht peinlich sein. Zwei Schritte reichten, dann konnte ich sie zu mir ziehen. Ihr herrlicher Duft nach Lavendel stieg mir in die Nase und ich atmete tief ein.

»Obwohl wir jetzt offiziell … was auch immer sind, bist du noch so arrogant wie …«

Ich hielt meinen Zeigefinger an ihre süßen Lippen.

»Wir sind ein Paar, Lilymaus. Das sind wir. Nichts anderes.«

Ich erkannte Erleichterung und noch etwas anderes in ihren Augen. Verlangen. Oh ja! Das war neu, aber sie ließ endlich zu, dass ich es entdeckte.

»Okay.«

»Bevor du gehst und es diesen Idioten zeigst …«, murmelte ich und drückte ihr einen Kuss auf die Lippen. Eigentlich wollte ich nur ihr Haar aus diesem Zopf lösen, aber irgendwie verlor ich mal wieder völlig den Kopf.

Es war kein keuscher Kuss. Lily und ich waren alles, aber sicher nicht keusch. Wir stöhnten um die Wette, als wir uns endlich voneinander lösten. Dann zog ich an dem Zopfgummi, und ihre volle Mähne fiel auf ihre Schultern. Sie wirkte überrascht. Natürlich hatte sie das nicht kommen sehen.

»Trag die Haare offen.«

Jetzt standen Paul und ich in einem Blumenladen. Lilys Vorstellungstermin ging bis drei Uhr, das hatte sie kurz erwähnt. Ich würde nicht mit leeren Händen kommen, wenn ich sie gleich vor dem Gebäude überraschte.

»Entscheide dich endlich«, brummte Paul neben mir.

»Du hättest einfach bei Sarah bleiben können. Keiner hat dich gezwungen, mitzugehen.«

Wieder brummte Paul. Er führte sich jedes Mal so unzufrieden auf, wenn er in Philadelphia war, mit Sarah in der Kiste landete und sich dann hinausschlich, bevor sie aufwachte. Jedes verdammte Mal. Dabei war Paul der König der One-Night-Stands und hatte kein Problem mit ex und hopp. Allerdings glaubte ich, er war heimlich in Sarah verliebt. Das würde seine schlechte Laune erklären. Sie fehlte ihm, aber natürlich würde er das nie zugeben! Selbst, wenn Paul nicht ständig reisen würde – eine Beziehung kam weder für ihn noch für Sarah infrage, dafür liebten beide ihr Singleleben viel zu sehr.

Aber heute wollte ich mich nicht drüber aufregen. Heute war ich ein anderer Mann. Ein vergebener Mann, um es genau zu sagen.

»Hör auf zu grinsen. Das ist echt widerlich.«

»Und du riechst widerlich. Was ist das eigentlich für ein Geruch? Hast du die ganze Nacht gesoffen?«

»Wodka«, murmelte Paul, während wir durch die Fülle der Blumenauswahl liefen. »Und jetzt hilf mir mal bitte weiter … Als Sarah und ich gestern gegangen sind, ist Amor vorbeigeflogen, hat dich mit seinem Pfeil am Arsch getroffen und dich dann in diesen Blumenfetischisten verwandelt, oder wie darf ich mir das vorstellen?« Paul griff sich eine lilafarbene Blume, roch daran, verzog das Gesicht und steckte sie ganz schnell wieder zurück in die Vase.

»Wir haben geredet«, informierte ich ihn knapp.

Paul blieb stehen. »Ach, so geht das? Man redet also miteinander, wenn man eigentlich vögeln will …« Er wirkte kurz nachdenklich. »Krass.«

Ich lächelte. »Idiot.«

»Und er lächelt. Unglaublich.«

»Okay, hilfst du mir jetzt, die passenden Blumen zu finden? Lily soll sich verdammt noch mal freuen, wenn ich sie abhole. Reicht schon, dass sie allein hingehen musste.«

Ich war gespannt, wie sie reagieren würde, wenn ich plötzlich vor ihr stand. Angedeutet hatte ich nichts. Ich hatte sie nur zum Abschied geküsst, ohne abzusprechen, wann wir uns wiedersehen würden. Dafür könnte ich mir immer noch eine verpassen.

»Ich bin immer noch für Schokolade.«

Ich verdrehte die Augen. »Wenn ich ihr Schokolade kaufe, wird sie so tun, als würde sie sich nicht freuen.«

»Und warum nicht?«, fragte Paul irritiert.

»Anfänger«, seufzte ich. »Sie liebt Schokolade, hasst sie aber auch. Lily ist überzeugt davon, sich nichts Gutes zu tun, wenn sie das Zeug isst.«

»Nun, es gibt zig Beweise an der Uni …« Paul formte einen überdimensionalen Hintern. » … dass sie recht hat.«

Ich schüttelte den Kopf. Idiot. »Ihr Körper ist ihr Tempel, sagt sie ständig.«

»Oh ja.« Paul grinste dreckig. »Das ist er!«

»Das habe ich überhört«, sagte ich genervt. »Lily wird sich am Ende dafür hassen, wenn sie sich nachts aus dem Bett schleicht, weil sie ihre Heißhungerattacke wegen der Schokolade nicht zurückhalten kann. Und das führt dann dazu, dass ich ihren Frust abbekomme.«

»Wow. Du lernst wirklich dazu.«

»Jahrelange Erfahrung als ihr bester Freund.«

»Und jetzt bist du ihr fester Freund, wenn ich das richtig verstehe.«

Ich blickte meinen Bruder an. Diese Sonnenbrille sah einfach bekloppt aus hier drinnen im Laden. Auch wenn die kleine Verkäuferin an der Theke anscheinend ganz anders darüber dachte. Seit wir das Geschäft betreten hatten, grinste sie wie verrückt in Pauls Richtung.

»Lily wäre niemals nur eine Affäre für mich.«

Paul nickte. »Natürlich nicht. Und ich bin echt stolz drauf, dass wenigstens einer von uns so weit geht.«

Ich runzelte die Stirn. »Du könntest doch auch …«

Paul lachte kurz, bevor ich weiterreden konnte. »Ach ja, kleiner Bruder? Manche Männer sind einfach nicht dazu gemacht, sich auf etwas Festes einzulassen. Und das sage ich jetzt nicht, weil unser alter Herr so ein mieser Dreckssack war. Gene haben da nichts mit zu tun.«

Da war ich anderer Ansicht, aber aussprechen wollte ich es nicht. Es war gerade kein Platz für dieses Thema. Wichtig waren Lily und ihr Geschenk.

»Okay, so wird das nichts. Du stehst seit dreißig Minuten hier herum«, erklärte Paul. »Denk einfach nicht als ihr Lover, Shawn. Denk als ihr bester Freund. Was mag sie? Was liebt sie? Was hasst sie? Ist sie allergisch? Dann fällt dir sicher irgendetwas ein.«

Ich runzelte die Stirn und dachte plötzlich an einen Kinoabend vor einem Jahr.

»Okay, aber das ist doch total unlogisch«, erklärte ich ihr, als wir gerade aus dem Kino kamen.

Lily sah an dem Abend besonders süß aus. Sie trug ihre Haare zu geflochtenen Zöpfen und dazu eine Hose, die das Wort »schlabbrig« noch mal in ein ganz anderes Licht stellte. Ich hatte sie nicht nur mit meinem Besuch überrascht, sondern auch mit meinem Vorschlag überfallen: Kinoabend satt Serienmarathon.

Wir waren gerade auf dem Heimweg. Weil das Wetter so schön war, liefen wir die zwanzig Minuten zu Fuß.

»Nichts ist unlogisch, wenn Chris Pratt die Welt rettet«, behauptete sie.

»Er rettet nicht die Welt. Er macht einen auf Indiana Jones in modern, nur mit computeranimierten Dinos auf einer verfickten Insel. Einer Insel! Indiana hat die verdammte Welt gerettet. Die Welt! Du bist doch sonst immer diejenige von uns, die mit Logikfehlern kommt. Und jetzt ist Chris Pratt der Grund, warum alle Fehler plötzlich bedeutungslos werden?«

»Du bist nur sauer, weil er als ›der neue Indiana Jones‹ gehandelt wird. Seien wir mal ehrlich, Shawn. Indie ist altbacken.«

Mich kümmerte es nicht, dass viele unsere lautstarke

Diskussion mitbekamen, als wir über den Campus liefen. Trotzdem blieb ich mitten auf dem Weg stehen.

»Hast du gerade wirklich ein uraltes Adjektiv benutzt, um Indie als Rentner darzustellen?«

Lily zuckte unschuldig mit der Schulter. »Ist er das nicht?«

»Frau, Indiana Jones ist Kult! Ein Klassiker.«

Sie schnaubte. »Ach bitte, der letzte Teil war für den Müll.«

Das war nicht von der Hand zu weisen.

»Er ist ein Held.«

»Ein Held, der schon in Teil eins mehr Ärger gemacht hat, als gut für den Film war.«

Ich seufzte. »Fang nicht schon wieder damit an!«

»Ach, korrigiere mich ruhig, aber dass die Bundeslade vermutlich niemals gefunden worden wäre, hätte dein ach so geliebter Held sie nicht für die Nazis ausgegraben, ist also eine reine Erfindung, ja?«

Und sie fing wieder damit an.

»Du kapierst nicht, was Indiana Jones …«

»Oh doch. Ich kapiere. Und du solltest kapieren, dass ein Chris Pratt mit Muskeln und wahnsinnig großem Humor einfach mega gut ankommt.«

»Natürlich erwähnst du noch seinen Humor, damit es nicht so auffällt, wie notgeil du eigentlich bist.«

Vor Wut war Lily schon auf mich zugegangen. Und irgendwann begannen wir, beide lauthals zu lachen. Jedes verdammte Mal, wenn wir uns einen neuen Film anschauten, gab es diese Diskussionen. Jedes verdammte Mal.

»Wer ist hier eigentlich notgeil?«, fragte Lily plötzlich wieder ruhig.

Ich lachte auf, um die Situation wieder etwas zu besänftigen, und schubste sie. Eigentlich hatte ich gedacht, dass es eine leichte Berührung gewesen war, aber tatsächlich verlor sie das Gleichgewicht und landete mit dem Hintern im Dreck.

»Oh, Shit. Lilymaus, alles klar?«

Ich hörte sie lachen. Hier draußen befanden sich nur wenige Laternen, deswegen konnte ich nicht viel erkennen.

»Alles gut. Mmh … hier riecht es aber …«

»Oh, Fuck. Bist du irgendwo reingefallen? Bitte sag nein, sonst werde ich das mein Lebtag nicht mehr vergessen.« Ich unterdrückte ein Grinsen, denn wenn es wirklich so wäre, würde sie mich hassen, weil ich es wirklich nie vergessen könnte.

»Nein … Es riecht. Oh, das sind ja Tulpen!«, rief sie begeistert aus.

»Was?«

»Ich liebe Tulpen!«

»Tulpen.«

»Tulpen?«, fragte Paul verwirrt nach, dann wirkte er zufrieden. »Okay. Hey, Süße!«

Die Kleine hinter der Theke wurde stocksteif, rannte aber praktisch sofort auf uns zu. Sie hatte nur Augen für meinen flirtwilligen Bruder, während ich grinsend meine Bestellung aufgab.

KAPITEL 13

LILY

Der weitläufige Empfangsbereich von *JC Events* war modern und innovativ. Schlichte, elfenbeinweiße Skulpturen fügten sich in ein Gesamtkonzept aus hellen Sitzgruppen und Arbeitsbereichen ein, die an ein hochpreisiges Spa erinnerten. Nichts anderes hatte ich von einer Eventagentur erwartet, die letztes Jahr den begehrten Businesspreis *Company of the year* gewonnen hatte.

Die adrett gekleidete Sekretärin saß hinter einem gläsernen Schreibpult, tippte etwas in ihren silbernen Laptop ein und beachtete weder mich noch einen der übrigen zehn Kandidaten, die mit mir um den begehrten Trainee-Platz kämpfen würden. Es roch nach teuren Parfums, hochwertigen Aftershaves und Angstschweiß. Neben mir raschelte Papier, während die anderen ihre Nasen geschäftig in ihre wichtig aussehenden Mappen steckten. Vermutlich Notizen, die meine Mitbewerber wieder und wieder durchgingen. Ich schmunzelte, als ich mir vorstellte, wie der aufgetakelten Lilly Allen-Kopie rechts von mir die Buchstaben zu den Ohren rausquollen. Als ich das Gebäude betreten hatte, war sie schon da gewesen. Sie hatte mich gemustert, als wollte sie mich mit ihren Blicken töten, oder zumindest schwer verletzen. Vielleicht klang das verrückt, aber innerlich grinste ich wie ein Honigkuchenpferd. Sie sah mich als Konkurrenz. Das war mir bei den letzten Vorstellungsgesprächen nicht passiert. Da hatte ich mitleidige Blicke geerntet, bestenfalls wurde ich milde belächelt, als die übrigen Anwärter mein nichtssagendes Äußeres gescannt hatten. Eigentlich ziemlich traurig, aber dennoch wahr: Kleider machten Leute. Nicht immer, aber oft.

Ich strich über den gut sitzenden Bleistiftrock und öffnete den Knopf meines taillierten Blazers, bevor ich ein in feinem Nylon steckendes Bein über das andere schlug und damit zu wippen begann. Ein Wunder, dass ich nicht über meine eigenen Beine gestolpert war. Die acht Zentimeter hohen Absätze meiner nudefarbenen Pumps waren prädestiniert dafür.

Himmel, war ich nervös! Dabei hatte ich mich hinreichend vorbereitet. Nach stundenlangen Recherchen im Internet kannte ich das Unternehmen vermutlich besser als der CEO selbst. Immer wieder warf ich einen Blick auf das Flipchart neben den gläsernen Eingangstüren und studierte den heutigen Tagesablauf: Das Assessment-Center würde mit einer Vorstellungsrunde beginnen, an der alle Kandidaten teilnahmen. Danach kam eine Gruppenaufgabe, um die Teamfähigkeit zu prüfen, bevor ich mich einem Einzelgespräch mit den hauseigenen Psychologen stellen musste. Sie prüften uns also auf Herz und Nieren. Was sonst? Ich würde auch nicht die Katze im Sack kaufen wollen. Und eigentlich hätte die Prozedur längst schon gestartet haben sollen.

Nach weiteren fünfzehn Minuten des nervtötenden Wartens hätte ich mir am liebsten die rot lackierten

Fingernägel abgekaut. Also schön. Ich brauchte Ablenkung.

Bemüht lässig lehnte ich mich in dem Designerstuhl zurück, holte mein Smartphone aus der Handtasche und tippte eine Nachricht an Shawn.

Ich pinkel mir gleich vor Aufregung ins Höschen.

Die Antwort kam prompt.

Vielleicht hättest du dann besser auf Unterwäsche verzichten sollen? Stell dir die Möglichkeiten vor, um dich abzulenken, wenn ich neben dir säße.

Toll! Jetzt war ich nicht nur nervös, sondern auch geil.

Haha, sehr witzig.

Ist dir schon heiß?

Shawn! Es ist nicht hilfreich, wenn zwischen meinen Beinen ein ganzer Bienenstock summt, während mich der Psychologe nach meinem Werdegang fragt.

Okay.

Unruhig rutschte ich auf meinem Stuhl umher, um eine gemütliche Position zu finden.

Nichts ist okay. Ich bin ein nervliches Wrack.

Du packst das, Lilymaus. Stell dir dein Gegenüber einfach nackt, alt und hässlich vor. Das entspannt dich.

Ich prustete los. Die Rothaarige links von mir warf mir einen irritierten Blick zu. Ich zuckte nur entschuldigend die Schultern und tippte: *Sehen wir uns heute Abend? Ich könnte für uns kochen.*

Ups, klang das zu langweilig? Aufdringlich? Verzweifelt? Als *beste* Freundin hatte ich nie solche Gedanken gehabt, sondern einfach geschrieben, wonach mir der Sinn stand. Aber jetzt, als Shawns *feste* Freundin, wollte ich nichts falsch machen. Ich löschte die Nachricht und schrieb stattdessen: *Muss Schluss machen. Falls du Lust hast, komm heute Abend vorbei und wir schauen, was wir daraus machen.*

Gebongt.

Ich steckte das Smartphone in dem Moment weg, als ein Anzugträger mit dunkler Hornbrille aus einem Büro trat und die Kandidaten aufrief. *Es ging los!* Ein letztes Mal strich ich meine Haare zurück, damit sie mir nicht im Gesicht hingen, und atmete tief durch. *Du schaffst das!* Dann erhob ich mich und folgte der Meute mit festen Schritten und klopfendem Herzen.

Sieben Stunden und achtundzwanzig Minuten später wollte ich die ganze Welt umarmen. Beschwingt trat ich aus dem Gebäude in die wärmende Sonne … und blieb wie angewurzelt auf dem gepflasterten Gehweg stehen. Nachdem mir der Personalchef mitgeteilt hatte, dass ich in die Endrunde gekommen war, wollte ich Shawn sofort eine Nachricht schicken. Dann verwarf ich den Gedanken wieder. Ich wollte ihn überraschen – doch jetzt überraschte er mich. Allerdings nicht so, wie ich es mir erträumt hatte.

Lässig lehnte er an einem Laternenpfahl auf der gegenüberliegenden Straßenseite und lachte über etwas, das die hochgewachsene Brünette neben ihm gesagt hatte. Sie warf ihre langen Locken zurück und strich sich über den marineblauen Trenchcoat, der ihre Wespentaille vorteilhaft durch einen silbernen Gürtel betonte. Sie war sexy. Und anscheinend unterhaltsam, Shawn lachte schon wieder. Ich konnte ihr Interesse verstehen. Er sah unglaublich gut aus in der offen stehenden Teamjacke, unter der sich seine Muskeln in dem engen Shirt deutlich abzeichneten.

Mist. Ich spürte einen Stich in der Brust. Shawn hatte gesagt, unsere Beziehung sei exklusiv. Aber blieb er sich selbst auch treu? Wenn mich meine Wahrnehmung nicht trog, ging die Tussi nämlich davon aus, bei ihm landen zu können. Sollte ich umdrehen und mich im Gebäude verstecken? Blödsinn! Shawn war offenbar hier, um mich abzuholen. Er würde noch eine Zeit lang warten, irgendwann aber die Geduld verlieren und mich suchen kommen. Da musste er mich nicht geduckt hinter einer der Zierpalmen entdecken.

Als hätte er meine Anwesenheit gespürt, sah Shawn auf. Unsere Blicke trafen sich und plötzlich hatte er nur noch Augen für mich. Die Brünette sagte etwas, aber er ließ sie stehen, als hätte sie nie existiert. Mit ausladenden Schritten überquerte er die Straße, gerade als die Ampel auf Rot schaltete.

»Hey«, setzte ich an. Weiter kam ich nicht. Shawn vergrub seine große Hand in meinem Haar und küsste mich, als gäbe es kein Morgen mehr. Seine Zunge teilte meine Lippen. Dann erkundete er auf höchst erotische Weise meinen Mund, was mir ein unanständiges Stöhnen entlockte. Ich spürte, wie ich feucht wurde und stöhnte noch mehr. Shawn lachte leise und zufrieden. Seine Augen funkelten wissend, als ich ihn atemlos anblinzelte.

»Darauf habe ich mich den ganzen Tag gefreut«, raunte er mir sündig ins Ohr.

Okay. Worüber hatte ich mir eigentlich Sorgen gemacht? Innerlich verpasste ich mir eine Kopfnuss für meine Eifersucht.

»Aha«, sagte ich nur. Mein Gesicht glühte.

Shawn bemerkte es und grinste verschmitzt. Er hob die Hand und fuhr mit dem Daumen meinen Wangenknochen entlang. »Ich könnte diese süßen Wängchen dazu bringen, zu leuchten wie Weihnachtsäpfel … aber wir haben ja beschlossen, es langsam angehen zu lassen.«

Ja. Leider. Wir hielten das beide für eine vernünftige Entscheidung. Vernünftig war sie, aber auch bescheuert, denn wann immer ich ihn sah, stellte ich mir vor, wir wären nackt und würden Dingen miteinander tun, die mit animalischem Stöhnen und verschwitzten Körpern unter zerwühlten Laken einhergingen …

»Die sind für dich«, sagte er plötzlich.

Perplex betrachtete ich den Strauß bunter Tulpen in seiner Hand. Die waren mir vorher gar nicht aufgefallen. Er erinnerte sich an meine Lieblingsblumen? Wie süß war das denn?

»Danke«, hauchte ich gerührt und nahm ihm die Tulpen ab. »Woher wusstet du, dass ich die nächste Runde erreicht habe?«

»Ich wusste es nicht. Herzlichen Glückwunsch, Süße!«

Statt mich wieder leidenschaftlich zu küssen, hauchte er mir einen Kuss auf die Wange. Er war keusch, aber mein Puls raste trotzdem.

»Danke.«

»Ich wollte dich nur sehen und dir eine kleine Freude machen. Habe ich mein Ziel erreicht?«

Statt einer Antwort schob ich ihn zurück, drückte ihn in die Nische eines Hauseingangs und ließ meinem Verlangen nach seinen Lippen freien Lauf. Shawn keuchte lachend und vertiefte den Kuss. Dominant zog er mich näher, indem er seine Finger in meinen Nacken wandern ließ und sanften Druck ausübte. Sehnsüchtig schob ich meine freie Hand unter sein Shirt und fuhr die gemeißelten Rückenmuskeln hoch, während Shawns Zunge mit meiner spielte.

»Ich wünschte, wir hätten nicht diese blöde Abmachung getroffen«, flüsterte ich rau.

Shawns Lachen vibrierte an meiner Haut. »Meine kleine, sexhungrige Studentin.«

Ich grinste ihn an, als sich neben uns jemand räusperte.

»Können Sie sich kein Zimmer nehmen?«, fragte eine pikierte ältere Stimme.

Meine Erregung ebbte ab. Shawn wandte ruckartig den Kopf, während ich mich auf die Zehenspitzen stellte und neugierig über seine Schulter spähte. Eine grauhaarige Dame mit Krückstock und Pudel an der Leine blitzte uns aus schmalen Augen missbilligend an. »Wenn dieses ungehörige Benehmen nicht sofort ein Ende findet, rufe ich die Polizei. Hat Ihnen Ihre Mutter kein Benehmen beigebracht, junger Mann?«

Ich musste ein Kichern zurückhalten, während Shawn verblüfft blinzelte. Er ließ mich los und drehte sich zu ihr um. »Wir sind frisch verliebt und da ist es plötzlich über uns gekommen«, erklärte er verlegen. Kein Scherz! Shawn Frady war peinlich berührt. Den Tag musste ich mir rot im Kalender anstreichen.

»Denken Sie denn keine Sekunde an Ihre Freundin und wie sie sich fühlt, von Ihnen in der Öffentlichkeit bloßgestellt zu werden?«, schimpfte die ältere Dame weiter.

Ich verkniff es mir, sie aufzuklären, dass ich für den Kussüberfall verantwortlich war, und stellte mich solidarisch neben Shawn. Dann setzte ich die reumütigste Miene auf, die ich gerade zustande brachte. »Sie wissen doch, wie junge Männer sind – die Hormone gehen mit ihnen durch, sobald sie nur an Blumen und Bienen denken.«

»Blumen und Bienen?«, zischte Shawn mir zu. Er legte seinen Arm um meine Hüfte, aber ich kannte ihn und wusste, was er vorhatte. Bevor er mich kitzeln konnte, um mich zum Schweigen zu bringen, rückte ich von ihm ab und konzentrierte mich wieder auf die Dame, deren Pudel jetzt an Shawns Bein schnupperte.

»Er hat mir Tulpen geschenkt.« Ich hielt den Strauß hoch. »Als Zeichen seiner Liebe.«

Shawn machte ein grunzendes Geräusch, als hätte er in einen Hering gebissen und dann festgestellt, dass er Fisch nicht mochte. Ich konnte mein Lachen kaum noch zurückhalten.

Die Dame tippte mit ihrem Stock auf den Gehweg. »Na schön«, sagte sie versöhnlich. »Aber haben Sie sich zukünftig etwas mehr im Griff.«

»Natürlich, Ma'am«, presste Shawn hervor.

Sie nickte zufrieden und zog an der Hundeleine. Dann wackelte sie mit ihrem Pudel davon.

Shawn wartete, bis sie hinter der Ecke verschwunden war, dann zog er mich erneut in die Nische. Er drückte seinen harten Körper gegen mich, bis kein Blatt mehr zwischen uns passte. Sein Herz raste. »Dir ist schon klar, dass diese Scharade Folgen hat, oder? Rache ist süß, Lilymaus«, betonte er dunkel.

Ich zitterte, als ich meine Hand an seine Wange legte. »Wie süß?«

In seine Augen trat ein Funkeln, als er den Kopf beugte. Doch statt meine Lippen erneut in Besitz zu nehmen, schabten seine Zähne über meinen empfindlichen Hals. Dann leckte er über die Stelle. Sanft und quälend langsam zugleich.

Gott! Das war erotischer als jeder Kuss, den er mir zuvor gegeben hatte. Und es bewies, was ich ohnehin schon angenommen hatte: der Sex mit Shawn Frady würde hochexplosiv werden. Was mein Verlangen nicht gerade zügelte. Ich verschränkte meine Hand mit seiner und zog ihn auf die Straße zurück. »Wir sollten gehen«, murmelte ich atemlos.

Shawn stieß die Luft aus. »Das sollten wir«, pflichtete er mir bei. Er ließ meine Hand los und legte mir stattdessen besitzergreifend den Arm um die Hüfte. »Bienen und Blumen.« Lachend schüttelte er den Kopf, als wir die Straße entlangliefen. »Ich fasse es immer noch nicht.«

»Mir fiel spontan nichts Besseres ein.«

»Trotzdem schreit das nach Rache. Du hast mich lächerlich gemacht.«

Shawn war nicht annähernd so pikiert, wie er vorgab. Dennoch spielte ich sein Spiel mit. »Kann ich mein Vergehen wiedergutmachen?« Ich sah mit Hundeblick zu ihm hoch. Shawns Mundwinkel zuckte.

»Kannst du«, sagte er verheißungsvoll. »Und ich weiß auch schon, wie.«

KAPITEL 14

LILY

Shawns Rache erfolgte zwei Wochen später, genau einen Tag vor dem finalen Gespräch bei *JC Events*. Ich kam gerade leger in Top und Jogginghose gekleidet aus dem Bad zurück, um mit ihm eine weitere Folge *Black List* zu schauen, als mein Blick aufs Bett fiel. Genauer gesagt auf den grasgrünen Vibrator in Shawns Hand. *Meinen* Vibrator. Ich hätte ihn fast nicht erkannt, weil Shawn ihm eine Minimütze aufgesetzt hatte und … ähm … war das ein Gesicht auf dem Silikon?

Wutentbrannt knallte ich die Tür hinter mir zu. »Hast du tatsächlich die Frechheit besessen, meinem Kumpel eine Pudelmütze zu verpassen und ihn anzumalen?« Ich stürmte auf das Bett zu, wo Shawn entspannt mit dem Rücken am Kopfteil lehnte und mich ansah, als könnte er kein Wässerchen trüben. Ausnahmsweise trug er ein Shirt, das sich nicht an seinen unglaublich muskulösen Brustkorb schmiegte wie eine zweite Haut. Seine Haare waren nicht gestylt, sondern feucht, weil er bei mir geduscht hatte, bevor er es sich auf meinem Bett gemütlich gemacht hatte. Würde nicht der Schalk in seinen schönen Augen tanzen, könnte man ihm die Unschuldsmiene fast abkaufen. Ich fragte gar nicht erst, wo er meinen Vibrator gefunden hatte. Die Nachtischschublade stand offen. Innerlich verfluchte ich mich, nicht vorsichtiger gewesen zu sein.

Notiz an mich: Sexspielzeug außerhalb von Shawns Reichweite aufbewahren.

»Die Farbe ist abwaschbar«, beruhigte er mich. Zum Beweis wischte er mit dem Zeigefinger über das gemalte Auge, was danach gruselig verschmiert wirkte. Shawn säuberte sich den Finger an der Jeans. »Obwohl – dein Gesicht wäre bestimmt unbezahlbar, wenn du ihn im Dunkeln benutzt hättest und dir erst später aufgefallen wäre, dass deine Muschi sich blau verfärbt hat.«

Mir fiel die Kinnlade runter.

Offenbar war das sein Plan gewesen, denn Shawn grinste zufrieden. »Warum nennst du ihn *deinen Kumpel*?« Er betrachtete das Sextoy von allen Seiten, als wolle er sich jedes Detail genaustens einprägen.

»Wäre es dir lieber, ich würde ihm einen Namen geben?«, fragte ich zynisch und setzte mich langsam in Bewegung. »Gib her!«

Er riss die Hand hoch, als ich mich auf mein Eigentum stürzen wollte, und hielt mich fest. »Ah … keine Chance, Lilymaus. Den bekommst du so schnell nicht wieder«, bestimmte er streng. »Erst muss ich davon ein Foto machen.«

»Was?«, fragte ich perplex.

Shawn grinste. »Für unseren Secret-Ordner. Bist du brav? Dann lasse ich dich los.«

Hatte ich eine Wahl? Ich nickte grimmig und Shawn lockerte seinen Griff um meinen Oberarm. Ich setzte mich mit dem Po auf die Fußballen. Sollte sich die Chance ergeben, Shawn auszutricksen, um meinen Vibrator vor seinen fiesen Machenschaften zu retten, könnte ich so am schnellsten aufspringen. »Was für ein Ordner?«

»Der geheime Fotoordner, den ich für uns angelegt habe, seit wir zusammen sind. Da ist alles drin, was keiner außer uns beiden sehen darf.«

Alter Schwede!

»Du hast unsere Schnappschüsse archiviert? Auch die, auf denen mir der Vogel vor dem Kinobesuch letzte Woche auf den Kopf gekackt hat und mir das Zeug in die Augen getropft ist?«

Shawn musste natürlich erst mal sein Handy zücken und auf den Auslöser drücken, bevor er mir geholfen hatte, die Schweinerei zu beseitigen.

»Logisch. Was denkst du denn?«

»Arsch.«

Er grinste dreckig.

Ich straffte die Schultern und reckte das Kinn. »Erstens gibst du mir jetzt meinen Vibrator zurück und zweitens löschst du diesen speziellen Ordner.«

»Keine Chance«, blieb er hart. »Der Vibrator ist die Rache für die *Blumen und Bienen*. Du erinnerst dich?«

Ich seufzte. »Vage.«

»Gut. Ich hatte dir Rache versprochen und ich halte meine Versprechen, Lilymaus.«

Ich verdrehte die Augen. »Dann lösch wenigstens die ganz peinlichen Fotos.«

»Keine Chance« wiederholte er. »Stell dir mal vor, wie lustig das wird, wenn wir in zwanzig oder dreißig Jahren auf dem Sofa sitzen und die ganzen Peinlichkeiten anschauen, die im Laufe der Jahre zusammengekommen sind.«

Im Laufe der Jahre? Mein Herz machte einen Satz,

dennoch versuchte ich, nicht zu viel in diese Aussage hineinzuinterpretieren.

»Kann ich ihn wenigstens sehen? Den Secret-Ordner?«, fragte ich hoffnungsvoll.

»Wirst du dich benehmen?«

»Selbst wenn ich wollte, könnte ich die Fotos nicht löschen. Du sicherst doch alles mit einem Code.«

»Du kennst den Code.«

»Schon, aber du änderst ihn alle naselang. In letzter Zeit habe ich keine neue Zahlenkombi von dir bekommen, also gehöre ich wohl nicht länger zu den Eingeweihten.«

»Falsch gedacht. Sobald ich den Code ändere, erfährst du ihn als Erste. Und als Einzige.«

Es ehrte mich, dass er mir so vertraute. »Also schön. Ich verspreche, die Fotos nicht heimlich zu löschen und auch sonst nichts zu unternehmen, was deinem Smartphone schaden könnte.«

»Na gut, komm her.« Er klopfte neben sich. Ich schielte zu meinem Vibrator, den er auf den Nachtisch stellte, um nach seinem Telefon zu greifen, das daneben lag.

»Denk nicht mal dran«, warnte er mich.

»Keine Ahnung, wovon du sprichst«, sagte ich scheinheilig und setzte mich neben ihn. Shawn legte den Arm um mich und ich kuschelte mich an seine breite Schulter, während sein Daumen über den Screen sauste und die Fotos durchscrollte. Ich musste zugeben, die Rückblicke waren zwar peinlich, aber auch ungemein witzig. Zu jedem Foto gab Shawn einen Kommentar ab, der mich zum Lachen brachte. Er hatte sich Details gemerkt, die mir entfallen waren, was wieder einmal bewies, was für ein aufmerksamer Beobachter er war.

»Was ist *das* für ein Ordner?«, fragte ich und zeigte auf eine unbeschriftete Datei.

Shawns wissendes Grinsen bewies, dass er ahnte, woran ich dachte. Schnell öffnete ich meinen BH und zog ihn aus. Mein Höschen folgte. Shawn murmelte etwas, das klang wie *Mann, ist das geil,* was meinen Puls beschleunigte. Er fand mich attraktiv. Trotz meiner üppigen Kurven, die nie in eine Größe 36 passen würden.

Shawn kam zu mir auf Bett und streckte sich in seiner ganzen Schönheit neben mir aus. Dann drückte er sich seitlich auf einen Arm hoch, um mich zärtlich anzusehen. »Vertraust du mir?«

Ich war etwas abgelenkt, weil er mit den Fingern seiner freien Hand mit meinem Nippel spielte, also brachte ich nur ein Wimmern zustande. Was Shawn wiederum mit einem zufriedenen Nicken quittierte.

»Spreiz die Beine. Ich will dich schmecken, bevor ich dich mit meinem Schwanz verwöhne.« Er beugte sich vor und nahm meinen Nippel in den Mund. Ich drückte den Rücken durch und krallte vor Ekstase die Fäuste ins Laken.

»Bekommst du das hin?«, fragte ich durch meinen Schleier der Lust.

Er hatte sich bereits zwischen meine Schenkel geschoben und sah nun perplex zu mir auf. »Eine Frau befriedigen? Glaub mir, darin bin ich besser als beim Football.«

Ich drückte mich zitternd auf die Ellenbogen hoch. »Daran zweifle ich nicht, Dummkopf. Ich spreche davon, dass du dich zurückhalten musst, während ich meinen sensationellen Orgasmus erlebe. Vermutlich schreie ich deinen Namen und zucke unkontrolliert, wenn du mich leckst und dann deine Finger in mich schiebst … Das wirst du doch tun … deine Finger benutzen? Ich stehe darauf, mit Zunge und Fingern gleichzeitig verwöhnt zu werden.«

Shawn starrte mich sprachlos an. Dann schluckte er vernehmlich. »Sagtest du nicht, deine Erfahrungen beruhen auf einer langweiligen Kurzzeitbeziehung und wenigen One-Night-Stands?«

»Ja, und?«

»Dafür bist du verbal ungewohnt freizügig. Nicht, dass ich mich beschweren will.«

»Weil ich mir schon hundertmal vorgestellt habe, wie es zwischen uns sein könnte«, gestand ich. Ich streckte den Arm aus und berührte sein definiertes Sixpack mit den Fingerspitzen. »Leck mich meinetwegen um den Verstand, aber tu es später. Nachdem wir beide das erste Mal gekommen sind.«

»Das erste Mal?« Er strich meinen Bauch hoch, bis er meinen Rippenbogen erreichte. In Zeitlupe kroch er über mich. »Wir haben also eine lange Nacht vor uns?«

Ich ließ mich ins Kissen sinken und grinste verrucht, als Shawns Mund verheißungsvoll über meinem schwebte. »Eine sehr lange. Ich habe mir diesen Moment so oft vorgestellt, so oft gewünscht, er würde passieren. Ich habe großen Nachholbedarf.«

Shawn schluckte. »Lily …«

Ich legte meine Hand an seine Wange. »Schon gut … küss mich einfach.«

Statt genau das zu tun, saugte er an beiden Nippeln abwechselnd und schob seine Hüfte vor, sodass ich genau spürte, wie sehr er mich wollte. Hart und pulsierend drückte sein Schwanz gegen meinen nassen Eingang.

»Bereit?«, fragte er heiser.

»Ber… nein, warte! Was ist mit Verhütung?«

»Fuck!«, fluchte er. »Beweg dich nicht von der Stelle.«

Er sprang aus dem Bett und holte ein Kondom aus der Hosentasche. Es machte mich unheimlich an, zu sehen, wie er sich das Gummi über den harten Penis zog. Kurz darauf war er zurück auf dem Bett und schob sich über mich. Ich schlang die Beine um ihn und verschränkte meine Füße über seinem göttlichen Arsch.

»Da hat es wohl jemand eilig, hm?« Shawn ließ die Hüfte kreisen und es geschah das, was ich nicht für möglich gehalten hätte: Ich wurde noch schärfer.

»Necken kannst du mich später. Jetzt will ich, dass du mich nimmst.«

Shawns Blick wurde dunkel wie die Tiefen des Ozeans und endlich, endlich drang er in mich ein. Seine Größe war nicht nur optisch beeindruckend. Er füllte mich aus wie ein aufgepumpter Ballon, und ich genoss es. Das Gefühl wurde noch unglaublicher, als Shawn sich fast ganz aus mir zurückzog und dann mit einem Ruck wieder in mich stieß.

»Ahhh!«, entfuhr es mir.

»Alles okay?«, fragte er atemlos.

Als ich die Augen öffnete, begegnete ich seinem sorgenvollen Blick. »Mir ging es nie besser«, versicherte ich ihm. »Ich bin nicht aus Glas, also benimm dich auch nicht so, okay?«

Ein verdammt sexy Lächeln umspielte seine Lippen. »Okay.«

Von da an nahm Shawn mich hart und schnell. Ich liebte jeden Stoß, jedes Stöhnen und jeden Schweißtropfen, der aus seinem Haar auf meine bebende Bauchdecke tropfte, während er mich ins Nirvana beförderte wie kein Mann zuvor. Ich zerkratzte seine Brust, aber statt sich zu beschweren, feuerte Shawn mich an. Wieder und wieder klatschten unsere Körper aufeinander, bis mein Unterleib zuckte und mich der Orgasmus wie ein Tsunami überrollte. Ich blinzelte in dem Augenblick, als auch Shawn mit einem stummen Schrei kam. Sein Mund war geöffnet, seine Lider flatterten. Ich hatte nie etwas Schöneres gesehen.

Shawn entsorgte das Kondom und kam hinter mich. Er zog die Decke über unsere nackten Körper und schob seinen Arm über meine Hüfte. »Das war ...«

»Unglaublich?«

»Oh ja.« Er küsste diesen besonderen Punkt hinter meinem Ohr. »Du hast mich für alle Ewigkeiten versaut, Lilymaus. Nach dir will ich in keiner anderen Frau mehr sein. So lange ich lebe.«

Ich kicherte glücklich. »Große Worte.«

»Nein, ein Versprechen.« Shawn vergrub seine Nase in meinem Nacken. »Und du weißt, Lilymaus. Ich halte meine Versprechen.«

Ja, das wusste ich. Er hatte Seiten, die mich die Zähne zusammenbeißen ließen – wer hatte die nicht? –, aber ich konnte immer auf ihn zählen. Immer! Und dieses Wissen fühlte sich verdammt gut an.

KAPITEL 15

SHAWN

Zwei Wochen mit Lily als fester Freundin und dazu die letzte Nacht mit absolut fantastischem Sex veränderten mich grundlegend.

Heute Morgen waren wir aufgewacht und ich wäre wirklich, also wirklich aufgestanden, um ihr Frühstück zu machen. Aber nein, meine sexhungrige Freundin wollte unbedingt meinen Schwanz schmecken. Heilige Scheiße. Lilymaus war eine Göttin. Eine verdammte Sexgöttin!

Ich driftete wieder ab. Warum mich der Sex mit ihr grundlegend veränderte? Seit geschlagenen zwanzig Minuten dudelte dieser verdammte Schnulzensong in meinem Kopf, der auf dem Weg zum Training im Autoradio gelaufen war. Ich hatte sogar mitgesummt.

»Verdammt, Frady!«, rief der Coach begeistert, nachdem wir uns eine Stunde lang auf dem Spielfeld den Arsch aufgerissen hatten. »Das war gut, Junge. Sehr gut.«

Er klopfte mir auf die Schulter, noch während ich mir grinsend den Helm vom Kopf zog. Hinter den anderen lief ich vom Spielfeld und hörte ihre Gespräche kaum. Ich war einfach immer noch high von Lilys kirschroten Lippen auf meinem Schwanz. Und wie sie sich angefühlt hatte … Fuck. Ich war der größte Glückspilz in ganz Philli.

Lily würde mir den Kopf aufreißen, wenn sie wüsste, dass ich ein Foto für unseren Ordner geschossen hatte, während sie seelenruhig neben mir geschlafen hatte. Ihren entspannten Gesichtsausdruck wollte ich jeden verdammten Morgen sehen. Das würde eine Sucht werden. Da war ich mir absolut sicher.

»Pass doch auf!«, fuhr Chase mich plötzlich an, als ich in die Kabine laufen wollte. Er hielt sich den in einer Schlinge befestigten Arm. Wie jeden Morgen war er wieder beim Team gewesen und wie jeden Morgen würde ich ihm ein paar *nette* Worte sagen, damit das morgen wieder von vorne losgehen konnte.

Doch jetzt kamen mir urplötzlich Lilys Worte von vor ein paar Tagen in den Kopf.

Chase ist keine Bedrohung für dich, Shawn. Das war er nie. Ich bin nicht in ihn verliebt. Und jetzt schau mich nicht so zweifelnd an. Ich liege hier bei dir, während wir Vikings *schauen und gleich wieder rumknutschen werden. Entspann dich.*

Entspannen … Automatisch fielen meine Schultern etwas runter. Meine Körperhaltung war eine völlig andere und Chase bemerkte diese Veränderung sofort.

»Wir sollten damit aufhören«, begann ich. Chase war ein Sturkopf. Wenn ich darauf warten würde, dass er den Anfang machte, könnten wir hier noch bis Weihnachten stehen. Wobei … ich sollte nicht zu optimistisch denken. Vielleicht eher Ostern.

»Womit?«

»Scheiße, mit diesem ständigen Platzhirschgehabe vielleicht? Wer ist sauer auf wen? Wer will als Erstes zuschlagen oder wer erfindet die fantasievollste Beleidigung für heute? Such dir was aus.«

Chase wirkte irritiert. »Ich kann dir nicht ganz folgen.«

Seufzend schüttelte ich den Kopf. »Da will man mal nett sein und Dinge klären, und dann glaubt es keiner. Pass auf … Das mit Lily ist mies gelaufen. Ich hätte mich nicht so beschissen verhalten sollen.«

Jetzt war Chase völlig überrascht. Seine Fassade fiel in sich zusammen. Er wirkte nicht mehr ganz so angepisst auf mich.

»Ist das so was wie eine Entschuldigung?« Fassungslos blickte er mich an.

Also ehrlich jetzt … So überraschend konnte das doch nicht sein!

»Ist es.«

Wir blickten einander an. Diesmal würde er keine Herausforderung in meinem Blick sehen. Es war mir wirklich ernst damit. Lily stand auf Harmonie und ich war doch wohl in der Lage, für sie Mr. Harmonie persönlich zu werden.

»Vermutlich ist es eh besser, wenn wir einen Waffenstillstand aushandeln«, murmelte Chase. »Du hast gewonnen. Glückwunsch.«

An ihm war selbstverständlich nicht vorbeigegangen, dass Lily und ich offiziell zusammen waren. Komischerweise waren die wenigsten davon überrascht.

»Das war nie ein Wettkampf, Chase.«

Er schnaubte. »Ach, das Gefühl hatte ich aber nicht.«

»Ich weiß, dass ich viel Blödsinn gesagt habe. Ich war eifersüchtig.«

»Du und eifersüchtig?« Chase lachte. »Niemals.«

Den Sarkasmus hatte ich wohl verdient. Und doch wäre Chase mit Sicherheit keine schlechte Partie für Lily gewesen – sofern er alles ehrlich gemeint hatte, wovon ich mittlerweile überzeugt war. Er kannte ihre Vorzüge und interessierte sich wirklich für sie. Aber leider, leider, gab es da diese eine, großartige Sache: Sie wollte mich!

»Du hast trotzdem alles richtig gemacht. Sie gehört zu dir.« Chase klang jetzt viel weniger wehmütig als noch vor zwei Minuten. Ein Fortschritt. »Gut … Ich muss weiter. Habe noch einen Physiotermin.« Er zeigte auf seinen verletzten Arm. »Es ist groß, dass du eingesehen hast, wie bekloppt du dich verhalten hast.«

Ich knirschte mit den Zähnen. Chase sollte nicht zu weit gehen. Eine Entschuldigung konnte man auch ausreizen.

»Aber verkack es nicht. Sie ist nicht wie die anderen«, redete Chase ungewohnt ernst.

»Das wird nicht passieren.«

Chase nickte. Etwas anderes hätte er sowieso nicht machen können. Er ging, während zwei mir sehr bekannte Gesichter gerade an mir vorbei und in die Kabine flüchten wollten. Ja, flüchten.

Finnigan und Mike. Seit dem Debakel in der Dusche gingen sie mir tunlichst aus dem Weg. Aber das fühlte sich nicht richtig an.

Dann ändere etwas daran!

Augenrollend schaute ich an die Decke.

Du willst gleich, dass ich mit jedem Frieden schließe, oder?

»Jungs, wartet mal …«

Sie erstarrten und drehten sich dann in Zeitlupe um. Die Blessuren von eben besagter Geschichte waren längst nicht mehr zu sehen.

»Es tut mir leid. Vielleicht hätte ich nicht direkt zuschlagen sollen.« Die Worte kamen leicht über meine Lippen. Erstaunlich.

Finnigan und Mike starrten mich an, als hätte ich den Verstand verloren.

Nee, der lag nur in Lilys Händen und sie würde ihn hoffentlich für immer behalten.

»Aber ehrlich, Jungs, mein Mädchen beleidigen? Ihr wisst, das kann ich nicht hinnehmen.«

»Schon klar, Shawn.« Finnigan kniff verlegen die Augen zusammen.

»War kein feiner Zug von uns. Aber du musst schon zugeben, echt …«, begann Mike, verstummte aber, als ich ihm mit einem einzigen Blick klarmachte, dass er bloß nicht weiterreden sollte.

»Kommt nicht wieder vor.«

»Will ich hoffen«, murmelte ich und stieß dann tief die Luft aus. »Ihr solltet an eurer Ausdauer arbeiten. Ihr seid zu schnell platt. Wenn ihr nicht mehr geben könnt, wird der Coach euch nie einwechseln. Nur so als Tipp.«

»Danke«, sagten beide synchron und wirkten tatsächlich überrascht, dass ich ihnen einen Tipp gab.

Verflucht. So fies war ich doch nie gewesen, oder?

Doch, warst du, hörte ich Lilys Stimme in meinem Kopf

.

Das Training verlief gut und die ausgesprochenen Entschuldigungen fühlten sich absolut nicht falsch an.

Während ich nach dem Training noch ein paar Seminare hatte, simsten Lily und ich uns die ganze Zeit über. Ich hatte gerade vor meinem Wohnhaus geparkt, als sie mich anrief. Grinsend nahm ich ab.

»Du hast dich nicht wirklich ausgezogen, oder?«, war ihre erste Frage.

Die ganze Zeit über hatten wir uns über SMS heiß gemacht, bis ich irgendwann geschrieben hatte, ich wäre bereits nackt und hart. Letzteres war jetzt nicht ganz gelogen.

»Rate.«

»Ich höre den Verkehr, Shawn. Du ziehst dich nicht aus, wenn du unterwegs bist.«

»Bist du dir da sicher?«

Lily brauchte einen Moment für ihre Antwort. »Okay, du hast gewonnen.«

»Lilymaus … ich gewinne immer«, antwortete ich und nickte meiner Nachbarin beiläufig zu, die jeden Morgen darauf wartete, mit engem Minikleid, vier Pfund Make-Up im Gesicht und einladendem Dekolleté aus der Haustür zu spazieren, damit ich sie bloß bemerkte. Sie blieb erschrocken stehen und starrte mir nach, als ich samt Trainingstasche an ihr vorbeiging, als würde sie nicht weiter existieren. Vor Lily hatte ich ihr zumindest mal zugezwinkert, um sie bei der Stange zu halten. Man wusste ja nie …

»Musst du immer so arrogant sein?«

»Darauf stehst du doch.«

Wieder ließ sie sich Zeit mit ihrer Antwort. Mein Grinsen wurde breiter.

»Eigentlich rufe ich an, um nachzufragen, ob du heute Abend vorbei…«

Sie klang viel zu unsicher. »Babe, wenn du glaubst, dass ich nach dieser Nacht gestern auf eine weitere mit dir verzichten würde, kennst du mich schlecht. Ich muss nur noch duschen, was essen und dann …«

»Ich hab Hotdogs gekauft. Die können wir machen. Selbstverständlich ohne Gurken. Obwohl ich natürlich auch welche kaufen und so tun kann, als hätte ich sie nicht absichtlich …«, redete sie weiter drauflos.

»Lilymaus. Warum habe ich das Gefühl, dass du mir etwas verheimlichst?«

Der Fahrstuhl kam nicht, also nahm ich die Treppe.

»Ich und verheimlichen?«, fragte sie mit viel zu schriller Stimme. Dann begann sie, merkwürdige Geräusche von sich zu geben. Ich würde meinen, es war ein Schnauben, aber es hörte sich eher nach einem abgestochenen Schwein oder so etwas an.

»Lily … wir können es auf *meine* oder *deine* Tour machen.«

Die Drohung kam an.

»Ich habe nachher noch mein Vorstellungsgespräch. Die letzte Runde.«

Mitten auf der ersten Etage blieb ich stehen. »Das ist großartig. Und?«

»Na ja, ich wollte nur fragen, ob du …«

Jetzt wurde mir einiges klar.

»Lilymaus, versuchst du mich gerade zu fragen, ob ich dich abhole?«

»Shawn, du …«

Ich seufzte. Lily war so ein verdammter Kopfmensch!

»Ich wollte duschen, noch was für die Uni erledigen und dann stand ganz oben auf meiner Liste, zu meinem Mädchen zu fahren, um mit ihr ihren neuen Job zu feiern. Was denkst du denn? Dass ich mir das entgehen lasse?«

Lily seufzte auf. »Du bist so süß.«

»Süß ist der kleine Dackel aus 4D, der mir jedes Mal vor die Reifen pisst. Ach, vergiss das mit dem süß ganz schnell wieder. Das Biest wird irgendwann als Bettvorleger enden!«

Sie lachte und schon fühlte ich mich besser. Der Klang ihrer vollen, femininen Stimme kroch mir bis in die Lenden.

»Also abgemacht. Ich hol dich nachher ab und wir feiern.«

»Okay«, hauchte sie glücklich. »Ich muss mich langsam fertig machen. Wir sehen uns dann später.«

In der Leitung klopfte es an.

»Ich bekomme gerade einen zweiten Anruf rein. Wir sehen uns dann nachher. Ich bin der, der dir auf den Arsch guckt und weiß, dass er ihm gehört.«

»Idiot.«

»*Dein* Idiot. Bis gleich.«

Ich legte auf und nahm den zweiten Anruf an.

»Wehe, es ist nicht wichtig!«, begrüßte ich die Nervensäge durchs Handy, als ich gerade auf meiner Etage ankam.

»Ich bin's, Paul.«

Ich runzelte die Stirn. »Was gibt's?«

»Ich glaube, wir haben ein Problem«, erklärte er.

Ich bog gerade um die letzte Ecke und blieb mitten im Flur stehen, das Handy noch am Ohr, als Paul sagte: »Dad hat sich gemeldet und …«

Den Rest seiner Worte hörte ich nicht mehr, denn in diesem Moment fiel mein Blick auf meine Wohnungstür – und auf den unangekündigten Besucher, der davor stand.

»Oh ja«, murmelte ich. »Das haben wir.«

KAPITEL 16

SHAWN

Ohne ein weiteres Wort drückte ich Paul weg und ging langsam auf meine Tür zu. Daneben stand mein Arschloch von Vater. Zum ersten Mal seit drei Jahren.

»Shawn. Wir müssen reden.«

Scheiße. Das mussten wir nicht!

Stumm lief ich an ihm vorbei und suchte meinen Haustürschlüssel.

»Willst du mich ignorieren?«

Ja, das wollte ich. Ihn, seinen überteuerten Designeranzug und die Tatsache, dass ich ihm ähnlicher sah als Paul. Zumindest ärgerte Paul mich jedes Mal damit. Der konnte wenigstens damit angeben, dass er nach Mom kam. Ich hatte das schlimmere Los gezogen.

»Shawn, ich rede mit dir!«

Seufzend schloss ich die Tür auf und knallte sie ihm natürlich nicht vor der Nase zu. Er würde sowieso nicht einfach so gehen, wenn er sich schon die Mühe gemacht hatte, hier aufzutauchen. Ich schleuderte meine Trainingstasche in die nächste Ecke und ging schnurstracks zum

Kühlschrank. Die Flasche Bier war ohne Zweifel notwendig.

»Gut, spielen wir nach deinen Regeln. Was …«

Ich hob die Hand, während ich erst einmal einen kräftigen Schluck vom Bier trank und seufzend die Wirkung der kühlen Flüssigkeit in meinem Rachen genoss. Wäre das hier noch Wodka oder etwas noch Härteres, ich würde es dankbar annehmen.

»Fertig mit deiner Show?«

Jetzt drehte ich mich endlich um, um meinen alten Herrn direkt anzusehen.

Scheiße, er war alt geworden. Das konnte weder die Designerklamotte noch der 100-Dollar-Haarschnitt verbergen. Dieser kalte, herzlose Ausdruck in seinem Gesicht … ja, der war genauso wenig neu. Er kannte keinen anderen Blick.

»Was kann ich für dich tun?«, fragte ich bemüht freundlich.

»Das weißt du genau. Ich habe dir in den letzten Jahren viele Freiheiten gelassen, aber es wird Zeit, dass wir über deine Pläne nach dem Abschluss reden. Meine Kanzlei läuft gut, ich möchte …«

Ich lachte. Anders konnte ich einfach nicht reagieren, wenn er diese Worte an mich richtete. Wieder einmal wurde das Thema seiner Nachfolge angesprochen. Wenn Paul nicht wollte, musste ich ran, oder was?!

»Ich hätte dieses Gespräch liebend gern am Telefon geführt, aber dazu müsstest du erst einmal rangehen, wenn ich anrufe.«

Zwei Sätze. Zwei Vorwürfe.

»Ach ja? Ich finde diese liebevollen persönlichen Gespräche enorm wichtig, Dad. Hat mir gefehlt«, antwortete ich und lehnte mich so lässig wie möglich an die

Küchenzeile. Er stand nur zwei Schritte von mir entfernt, direkt an der kleinen Küchentheke und füllte den Raum aus. Dad hier in meiner Bude. Der Druck in meiner Brust war unverkennbar da.

»Lass diesen unverschämten Ton mir gegenüber, sonst ...«

»Sonst was?«, fuhr ich ihn an und stellte die Bierflasche ab. »Willst du mir mein Taschengeld streichen? Oder Hausarrest geben? Falls du es nicht mitbekommen hast, ich bin kein zehnjähriger Scheißer mehr, der sich eingeredet hat, dass sein werter Herr kein mieses Arschloch ist!«

Dad öffnete ungläubig den Mund. Jepp, das saß. »Wie nennst du mich?«

Wieder lachte ich höhnisch auf. »Was wundert dich mehr? Dass ich tatsächlich keine zehn mehr bin, oder dass ich dich immer noch für ein Arschloch halte?«

»Du undankbares Rotzbalg!« Drohend kam mein Vater einen Schritt näher. »Wem hast du es denn zu verdanken, dass dich überhaupt eine Uni genommen hat? Erst Paul, der sich halbnackt der Welt präsentiert und das auch noch Arbeit nennt, und jetzt spielst du den pubertierenden kleinen Bruder, der immer noch in seiner Trotzphase steckt? Womit habe ich das nur verdient!«

Mein Kiefer mahlte. »Vielleicht kaufst du dir einfach neue Kids. In Osteuropa soll das momentan der Hit sein.«

»Vorsicht, Shawn.«

»Du kannst von mir aus jeden Tag hier auftauchen und mir erzählen, dass Football kein Sport ist und ich deswegen enterbt werde. Mach ruhig, Dad«, spie ich ihm entgegen. »Ich nehme die Auszeichnung gerne an.«

Dad massierte sich die Stirn, als wäre ich für irgendeinen Schmerz verantwortlich. *Wehe, es tut nicht weh!*

»Football. Dass ich nicht lache. Wie lange willst du spielen? Bis du dir die Knochen so zerstörst, dass nichts mehr geht? Verdammt noch mal, Shawn. Meine Kanzlei hat mir nicht nur Geld und Prestige gebracht. Ich liebe meine Arbeit und …« Er brach ab.

Ja, und die Praktikantinnen, die mit ihm Überstunden machten.

»Du liebst deine Arbeit, ich liebe meine. Akzeptiere es. Ich werde *meinen* Weg gehen.«

Er wusste nichts von dem Fitnesscenter, das womöglich Thema werden könnte, wenn es mit dem Football nichts werden würde. Er wäre auch der Letzte, dem ich davon erzählen würde.

Dads Miene wurde finster. »Das akzeptiere ich sicher nicht!«

Ich lachte sarkastisch auf. »Du akzeptierst es nicht? Wollen wir jetzt wirklich darüber reden, wer hier was zu akzeptieren hat?«, fuhr ich ihn an.

Dahin war meine lässige Haltung, mein Schutzpanzer, den ich mir immer umlegte, wenn es um ihn ging.

Scheiße. Jetzt, da er direkt vor mir stand, wurde mir mal wieder mehr als bewusst, wie sehr ich ihn verachtete. Dieser Hass ihm gegenüber hatte nicht nur meine Kindheit geprägt, sondern auch mein gesamtes Leben. Dass ich vor Lily nie etwas Ernstes starten konnte, war ihm geschuldet. Und er war auch schuld daran, dass ich es mit ihr fast vollständig verkackt hätte.

»Frag dich doch mal, warum du zwei Söhne hast, die beide absolut nichts mit dir zu tun haben wollen. Die mit Mom nichts zu tun haben wollen!«

Dads Zähne knirschten, so sehr beherrschte er sich.

»Das sind alles Themen, die am besten nie angesprochen werden sollen, oder? Tja, wenn du schon mal hier bist …«

»Du wirst deine Kröten auf keinen Fall mit halbherzigem Footballspielen in einer bedeutungslosen Liga verdienen, nur weil du deiner Mutter und mir eins auswischen willst«, presste mein Erzeuger hervor und ballte die Fäuste. »Beschwer dich ruhig weiter, wie böse wir zu dir waren. Du hattest immer genug Essen auf dem Tisch, alles, was du wolltest und …«

Die Bierflasche flog an die nächste Wand, ohne dass ich groß darüber nachdachte. Meine Faust sauste auf die Küchentheke.

Es reichte! So ging das jetzt schon Jahre! Jedes Mal, wenn wir uns sahen, gab es Vorwürfe. Aber nicht dieses Mal. Einmal im Leben war ich wunschlos glücklich und dann tauchte er wieder auf!

»Alles, was ich wollte? Scheiße, ich wollte eine Familie, die sich abends nicht anbrüllt, weil du wieder mal irgendeine 20-Jährige gevögelt hast! Ich wollte Mom nachts nicht heulen hören, weil sie nicht wusste, wo du gerade wortwörtlich drinsteckst! Mom und du habt Paul und mich aus dem Haus gejagt! Und jetzt wunderst du dich tatsächlich, dass wir deinem Weg nicht folgen wollen? Bist du so blind?«

Lange blickte Dad mich an. »Du bist mein Sohn, Shawn. Ob es dir passt oder nicht«, sagte er dann. »Ich mag vielleicht nicht immer der perfekte Vater gewesen sein …«

Schnaubend schüttelte ich den Kopf. Echt jetzt?

»Sieh mich gefälligst an, wenn ich mit dir rede!«

Mir war scheißegal, was er zu sagen hatte.

»Du kannst von mir aus weiter hier rumzicken, mir

Vorwürfe machen und über deine ach so traurige Kindheit reden, aber vergiss dabei nicht, dass du mein Fleisch und Blut bist. Mein Blut fließt in deinen Adern. Leugne es, so viel du willst, aber so verschieden sind wir ganz sicher nicht. Du kommst nach mir. Der Ehrgeiz, der Verschleiß bei Frauen – tief in dir drin weißt du das alles, sonst würdest du dich nicht ständig gegen mich zur Wehr setzen wollen. Hauptsache, die ganze Welt weiß, dass du nicht so bist wie ich.«

Zwischen uns bestand genügend Abstand, aber dennoch fühlte ich mich in die Enge getrieben. Er hatte nichts angesprochen, das ich nicht längst über mich wusste. Was sollte ich mir da vormachen?

»Es wird Zeit, dass du endlich erwachsen wirst und den Tatsachen ins Auge schaust. Du bist mein Sohn und wirst es immer bleiben. Also lass diesen Trotzmist und steh dazu. Wir beide sind gleich, ob es dir passt oder nicht!«

Ich starrte diesen Mann an, der sich tatsächlich meinen Vater schimpfte. Mir war bewusst gewesen, dass das hier nicht gerade einfach werden würde …

»Überleg dir deine nächsten Schritte ganz genau, mein Junge«, sagte er und lief zur Tür, doch vor der Flurwand blieb er noch einmal stehen. Er sah auf die Bilder, die dort hingen. Lily.

»Ich bin nicht dein verdammter Junge!«, rief ich aufgebracht. Ich mochte es nicht, dass er Zugang zu ihr bekam. Auch wenn es nur Fotos waren.

Auf einmal lächelte mein Vater. Langsam hob er eines der Bilder von der Wand und drehte sich zu mir um. »Ich muss schon sagen, Shawn. Du bist mir ähnlicher, als ich dachte.«

Ich biss mir vor Wut auf die Zunge, während er mich anschaute.

»Ich war nicht jünger als du, als ich dachte, ich könnte alles auf der Welt haben und trotzdem ein Frady sein. Du weißt, dein Großvater hat viel von guter Erziehung und einer vernünftigen Ausbildung gehalten. Da war kein Platz für …« Vielsagend hob er das Foto hoch. »… Ausschweifungen, die nur Ärger bringen. Ist dieses Mädchen deine Freundin? Sicher nichts Festes, du bist ein Frady. Aber ich sehe diesem Mädchen an, dass es hofft, das zu bekommen, was ihm nie gehören wird. Deine Mutter dachte das damals auch.«

Mein Puls schoss in die Höhe. Was wollte er damit sagen?

Mein Erzeuger lachte und hängte das Foto zurück. »Du magst dir vielleicht selbst einreden können, dass du kein Frady mehr bist, aber täusch nicht vor, dass du jemals eine *normale* Beziehung führen könntest. Damit kannst du dir und ihr eine Menge Ärger ersparen. Triff bessere Entscheidungen, als ich vor 25 Jahren.«

Ich hatte eine Ahnung, was er damit sagen wollte. Stumm sah ich zu dem Bild, das er abgenommen hatte. Es zeigte Lily und mich zusammen in Selfielaune. Ich hatte sie an mich gedrückt und wir beide streckten lachend die Zunge heraus. Wir wirkten glücklich, weil wir es waren.

»Denk in Ruhe über mein Angebot nach und melde dich dann, Sohn. Ein Frady gehört nicht aufs Feld, sondern in meine Kanzlei. Etwas anderes wird es für dich nie geben.«

Er war so schnell gegangen, wie er aufgetaucht war.

Ein Teil der Bierflasche klebte noch an der Wand.

Das Apartment war ruhig. Mein Puls schlug viel zu schnell. So sollte es nicht sein. Er sollte nicht diese Macht über mich haben. Tief einatmend nahm ich erst einmal Sauerstoff in meine Lungen auf und lief instinktiv in den

Flur zu den Fotos. Lily und ich waren glücklich gewesen, als das Foto geschossen wurde. Wir hatten kurz vorher eine riesige Portion Chilinachos gegessen und dabei *Gilmore Girls* geschaut. Ich behauptete bis heute noch, dass diese Mädchensendung nichts für echte Männer war. Insgeheim war ich aber ganz klar Fraktion Jess. Lily wusste das ganz genau.

Lily. Die starke, sture Lily.

Es passierte, ohne dass ich etwas dagegen tun konnte. Dads Stimme tauchte in meinem Kopf auf. *Wir beide sind gleich. Ob es dir passt oder nicht!*

Egal wie sehr ich darüber den Kopf schüttelte, es hörte nicht auf.

»Du bist mir ähnlicher, als ich dachte. Ich war nicht jünger als du, als ich dachte, ich könnte alles auf der Welt haben und trotzdem ein Frady sein. Du weißt, dein Großvater hat viel von guter Erziehung und einer vernünftigen Ausbildung gehalten. Da war kein Platz für Ausschweifungen, die nur Ärger bringen. Ist dieses Mädchen deine Freundin? Sicher nichts Festes, du bist ein Frady. Aber ich sehe diesem Mädchen an, dass es hofft, das zu bekommen, was ihm nie gehören wird. Deine Mutter dachte das damals auch.«

Wieder meldete sich mein Gewissen und ich dachte daran, was mir die ganze Zeit Sorgen bereitete. Mich nie wirklich losgelassen hatte.

»Mein Blut fließt in deinen Adern. Leugne es, so viel du willst. Aber so verschieden sind wir ganz sicher nicht. Du kommst nach mir. Der Ehrgeiz, der Verschleiß bei Frauen – tief in dir drin weißt du das alles, sonst würdest du dich nicht ständig gegen mich zur Wehr setzen wollen. Hauptsache, die ganze Welt weiß, dass du nicht so bist wie ich.«

Mein Vater konnte schon immer gut reden. Deswegen war er verdammt noch mal auch der Beste in seinem Job.

Aber diesmal hatte er mir etwas Neues erzählt. Etwas, das alles änderte.

»Damit kannst du dir und ihr eine Menge Ärger ersparen. Triff bessere Entscheidungen als ich vor 25 Jahren.«

Er hatte es mit Mom versucht. Dad hatte es versucht.

Und war gescheitert.

Meine innere Stimme half mir gerade auch nicht weiter.

Mein Blick schoss wieder zu dem Bild in meiner Hand.

Ich machte mir was vor.

Lily war zu gut. Sie war zu unschuldig. Sie hatte etwas Besseres verdient.

Sie brauchte keinen Frady, der ihr das Herz brach, weil die Gene am Ende doch bei mir durchkamen.

Wieder vibrierte mein Handy. Genervt starrte ich auf das Display und nahm ab, ohne ein Wort zu sagen.

»Fuck, Shawn! Warum gehst du nicht an dein Handy?« Paul hielt kurz inne. »Er ist bei dir.«

Ich ballte die Faust, um irgendeinen Kontrast für meine Wut auf mich und diese ganze verschissene Welt zu haben.

»Nicht mehr«, brachte ich hervor.

Wieder brauchte Paul eine Weile, um zu antworten. Im Hintergrund hörte ich Leute rufen. »Egal, was er gesagt hat, hör nicht drauf!«

Ich schloss die Augen. Es war bereits zu spät.

»Shawn? Bist du noch dran?«

Mein Blick schoss wie verrückt wieder zu dem Bild.

»Ich muss los.«

»Mach nichts, was du später bereuen wirst.«

Ich legte auf und verließ die Wohnung. Wie ferngesteuert ließ ich alles hinter mir, lief durch Phillis Straßen und nahm nichts mehr war. Ich vergaß die Zeit. Ich wollte vergessen.

Irgendwann landete ich in einer Bar, die ich als das *Founding Fathers* erkannte. Nicht mal der Whiskey half, auch nicht nach Stunden.

Meine Gedanken drehten sich wie wild im Kreis, während ich ein Glas nach dem anderen trank. Bis schließlich nur ein einziger Satz übrig blieb, ein einziger Wunsch. Ich wollte zu *ihr* … Ich musste zu ihr.

Obwohl mein Alkoholpegel bis vor fünf Minuten noch hoch gewesen und ich mit einem festen Vorsatz hierher gekommen war, vergaß ich alles, als Lily die Tür öffnete. Sie trug den engen Bleistiftrock und diese unschuldig wirkende weiße Bluse und wirkte überrascht, mich zu sehen.

»Shawn …«

Es hatten bereits unzählige Frauen meinen Namen gesagt. Unzählige Frauen hatten es nachher bereut. Lily würde das auch irgendwann tun. Nur nicht heute.

Drei Schritte reichten aus, um ihr Gesicht in meine Hände zu betten und sie zu küssen, als wäre es das letzte Mal.

KAPITEL 17

LILY

Vielleicht lag es an der Überraschung, Shawn zu sehen, dass ich ihm keine Vorwürfe machte. Vielleicht auch an dem Schmerz in seinen schönen Augen oder daran, wie dringlich er mich wollte, dass ich kein Wort hervorbrachte. Er hätte eine verbale Abreibung verdient. Er hatte mich versetzt und ein Versprechen gebrochen und das war nicht okay. Ich würde die Sache zur Sprache bringen. Aber nicht jetzt.

Shawn trat die Tür mit einem Fuß ins Schloss, während er mich weiterhin hungrig küsste. Er zog mir die Bluse im Flur aus, der Rock folgte, als er mich ins Schlafzimmer gedrängt hatte. Ich ließ es geschehen. Auch, als er mir Höschen und BH auszog, stellte ich keine Fragen. Instinktiv spürte ich, dass ich nicht hören wollte, was er zu sagen hatte. Er machte einen Schritt auf mich zu, sein gequälter Ausdruck trieb mir Tränen in die Augen. Ich hob beide Arme, umfasste sein markantes Gesicht und küsste ihn zärtlich auf den Mund.

»Lily!«, stöhnte Shawn. »Du bist das Beste, was mir je

passiert ist. Ich liebe dich. Denk immer daran, egal, was passiert.«

Er … liebte mich? Hatte er das gerade wirklich gesagt? Mein Herz lief über vor Glück. Ich ignorierte das merkwürdige Gefühl, das sich nach seinem letzten Satz in mir breitmachte, und flüsterte: »Ich liebe dich auch.«

Shawn zog das Gummi aus meinem Haar und spreizte die Finger in den dicken Strähnen. Seine Zunge fuhr meine Unterlippe nach, dann biss er neckisch hinein und zog eine heiße Spur zu meinem Hals. Ich keuchte, als die Lust mir zwischen die Beine schoss. Meine Brustwarzen wurden hart. Shawn bemerkte es und rieb die empfindlichen Knospen zwischen zwei Fingern, bis ich wimmerte. Als er hineinbiss, schrie ich auf. Doch es war ein guter Schmerz. Einer, der mich noch feuchter machte.

»Was tust du da?«, fragte ich atemlos.

»Dich markieren«, raunte er.

Meine Verwirrung wuchs. Aber bevor ich die Bedeutung dieser Worte ergründen konnte, nahmen seine Lippen mich erneut in Besitz. Shawn schob mich rückwärts, bis meine Waden gegen die Matratze stießen. Ich ließ mich fallen, drückte mich dann auf die Ellenbogen hoch und hielt den Atem an, als er sich seiner Kleidung entledigte. All diese Muskeln! Er war mit Abstand der schönste Mann, den ich jemals gesehen hatte. Und er gehörte mir. Mir allein! Ich leckte mir über die Lippen, während Shawn sich ein Kondom über den harten Schaft zog, das er zuvor aus seiner Hosentasche gefischt hatte. Unsere Blicke trafen sich.

»Ich liebe dich«, wiederholte er rau. »Mehr als mein Leben.«

»Shawn …«, hauchte ich.

»Scht«, bat er. »Nicht reden, nur fühlen, okay?«

Ich nickte aus dem gleichen Grund, weshalb ich vorher geschwiegen hatte: Es fühlte sich richtig an.

Dominant kam Shawn über mich, so wie ich es mochte, und in dem Augenblick wusste ich: Dieser Sex würde anders werden als sonst. Kein neckisches Geplänkel, während Shawn meinem Körper mit den Lippen huldigte. Keine anzüglichen Kommentare, die mich zum Kichern brachten und meinen Höhepunkt hinauszögerten, während er tief in mir war. Das hier war Leidenschaft pur, Lust in ihrer reinsten Form. Shawn stützte die Arme neben meinem Kopf ab und legte sich zwischen meine gespreizten Beine. Ich streichelte seine Wange mit den Fingerspitzen.

»Du bist so schön«, flüsterte er ehrfürchtig. »Innen und außen.«

Er presste seine Lippen auf meine, als er langsam in mich eindrang. Ich schloss die Augen, drückte den Rücken durch und umschloss seine kräftigen Schultern. Unaufhörlich flüsterte Shawn meinen Namen, küsste und liebkoste mich, während er mit mir schlief, als wäre ich die einzige Frau auf der Welt für ihn. Es war ein berauschendes Gefühl. Meine Erregung steigerte sich schnell. Unsere Körper klatschten aneinander, und als der Höhepunkt mich mit sich riss, schrie ich Shawns Namen in die Stille des Raums.

»Lily!«, keuchte er, als er ebenfalls kam.

Danach zog er sich nicht gleich zurück, sondern blieb in mir. Ich liebte es, ihn *in* mir zu spüren, aber ebenso liebte ich es, ihn *auf* mir zu spüren. Shawn küsste mich zärtlich, dann drehte er uns beide herum, bis ich über ihm lag. Er studierte mein Gesicht, als wolle er sich jeden Flecken Haut genaustens einprägen. »Du hast einen Mann verdient, der deiner würdig ist«, sagte er leise.

Mein Herz wurde schwer. »Du bist dieser Mann, Shawn. Du und kein anderer.«

Er drehte den Kopf weg, sodass ich seinen Ausdruck nicht deuten konnte. »Lass uns schlafen.«

»Ich habe Fragen«, flüsterte ich.

»Ich weiß.« Er legte eine Hand auf meine Hüfte, um sie sanft zu streicheln. »Und du wirst deine Antwort bekommen«, versprach er.

Vielleicht hätte ich hartnäckiger sein müssen, als er seine Hand an meinen Hinterkopf legte und mich sanft auf seine Brust drückte. Vielleicht hätte ich auf Antworten bestehen sollen. Aber ich tat nichts dergleichen. In dem Augenblick glaubte ich ihm, weil ich ihm glauben wollte, auch wenn ich ahnte, wie töricht ich war.

»Männer sind doch alle gleich«, stellte Sarah seufzend fest. »Einmal zwischen deinen Beinen gewesen, ziehen sie weiter und suchen nach der nächsten Herausforderung. Ich hatte gehofft, Shawn sei anders, aber leider muss ich dir sagen: Er ist es nicht!«

Ich dachte an den Zettel, den ich heute Morgen auf dem leeren Kopfkissen neben mir gefunden hatte. *Ich kann das nicht. Es tut mir leid* hatte Shawn geschrieben. Seitdem spukten diese Worte in meinem Kopf herum. Was konnte er nicht? Neben mir aufwachen? Mir einen Kaffee kochen und zum Bett bringen, um mich langsam zu wecken? Instinktiv wusste ich, dass die Antwort nicht so einfach war.

Ich hatte weder geduscht noch mich angezogen. Im Bademantel und mit widersprüchlichen Gefühlen im Bauch war ich barfuß in die Küche getapst, wo Sarah schon lautstark mit Geschirr hantiert hatte. Ihre Jeans waren so eng, dass ich mich fragte, ob sie überhaupt Unterwäsche trug. Ihre Wimperntusche war verschmiert und auf der bauchfreien Bluse prangte ein dunkler Fleck über der linken Brust. Ich brauchte kein Hellseher sein, um zu wissen, dass Sarahs Bett unberührt war. Gestern Nachmittag war sie in exakt diesen Klamotten zu einer Verbindungsparty aufgebrochen und offensichtlich gerade erst nach Hause gekommen.

»Du irrst dich«, hielt ich dagegen. »Shawn würde mich nie einfach fallen lassen wie eine … eine heiße Kartoffel.« Ich setzte mich an den Tisch, während Sarah ihren übervollen Kaffeebecher durch den Raum balancierte. Sie stellte ihn ab und setzte sich mir gegenüber. Ihre Oberweite berührte die Tischplatte, als sie sich vorbeugte, um ihre Hand auf meine zu legen.

»Glaub einer Frau, die weiß, wovon sie spricht: Es. Ist. Aus!«

Ich entzog ihr meine Hand und verschränkte sie in meinem Schoß mit der anderen. »Er hat mich nicht abserviert. Nicht *so*, Sarah. Es muss mehr hinter seinem plötzlichen Verschwinden stecken. Gestern hat er sich komisch benommen.«

»Inwiefern?«

Ich zuckte die Schultern. »Er hatte versprochen, mich von *JC Events* abzuholen, ist aber nicht gekommen.« Ich blinzelte, als meine Augen verdächtig zu kribbeln begannen. Der Vormittag lief wie ein Film vor mir ab:

Ich hatte die Performance meines Lebens abgeliefert. Das klang überheblich? Vielleicht. Aber ich war mir so sicher, wie ich nur sein konnte. Meine Euphorie verpuffte allerdings, als ich an einer Bürotür vorbeilief, die sich öffnete, und Selma Wilson, eine meiner beiden Mitbewerberinnen, aus dem Raum trat. Hatten ihre braunen Locken vorher in einem strengen Dutt gesteckt, fielen sie ihr nun zerzaust um die Schultern. Ihr Lippenstift war verschmiert, ihre Wangen gerötet. Sie bemerkte mich erst, als wir beinahe zusammenstießen. Ihre Augen weiteten sich kurz, dann trat ein triumphierender Ausdruck auf ihr engelsgleiches Gesicht.

»Lizzy.« Sie strich erst ihren roten Blazer und dann den weißen Rock glatt, der deutlich zu kurz war, um als konservativ durchzugehen.

»Ich heiße Lily«, knirschte ich.

Sie schob sich auf ihren Mörder-High-Heels an mir vorbei. »Wie auch immer«, sagte sie von oben herab. »Guck nicht so, als wären mir zwei Köpfe gewachsen. Ich hatte etwas Persönliches zu besprechen.«

Sicher.

Wäre es übertrieben, wenn ich ihr einen Schwinger in die Magengrube verpassen würde? Ich könnte später behaupten, mir wäre der Ellenbogen ausgerutscht. Aber bevor ich den Gedanken weiterspinnen konnte, wurde die Bürotür erneut geöffnet. Als ich Jason Montgomery, den Personalchef, erkannte, der nicht weniger ausgepowert wirkte als die gute Selma, bestätigte sich meine Vermutung.

Verdammtes Miststück. Ich könnte ihr die Augen auskratzen und doch bewunderte ich sie für ihre Skrupellosigkeit, wenn ich auch nie so weit gehen würde. Es war eine Sache, sich optisch zu verändern, um einen Vorteil zu erlangen, aber – so sehr ich die Stelle auch wollte – ein absolutes No-Go, sich für einen Job zu prostituieren.

Montgomery steckte sich das weiße Hemd in die Anzughose und zupfte die karierte Krawatte zurecht. Dabei wirkte er, als wäre es das Normalste der Welt, beim Vögeln mit einer Bewerberin erwischt worden zu sein. Statt verlegen nach einer Erklärung zu suchen, sah er mir fest in die Augen. »Miss St. James.«

»Mister Montgomery.« Meine Fingerknöchel schmerzten, so fest presste ich die Fäuste an den Seiten zusammen. Ich sah dem schlaksigen Hünen nach, als er Selma folgte, die mit schwingenden Hüften den Flur hinablief. In der Damentoilette spritzte ich mir kaltes Wasser ins Gesicht und betrachtete mein Spiegelbild. Dann zog ich eine Grimasse. Das war's dann wohl. Schöner Mist.

Als ich schließlich im Büro eintraf, wo Selma und Louis, der Dritte im Bunde, schon auf die Auswertung der Finalrunde warteten, warf ich Selma einen vernichtenden Seitenblick zu. Sie hob nur eine akkurat gezupfte Braue, zuckte unbeteiligt die Schultern und konzentrierte sich wieder auf die Sekretärin neben ihr. Offensichtlich sagte sie etwas, was Selma freute, denn sie lächelte gewinnend. Miststück. Ach ja, das erwähnte ich schon. Aber ich konnte es nicht oft genug betonen.

Obwohl ich wusste, was kommen würde, als Montgomery den Raum betrat, blieb ich gelassen. Ich folgte seiner Aufforderung, mich zu setzen. Louis und Selma taten dasselbe und Montgomery nahm auf der anderen Seite des wuchtigen Schreibtisches Platz. Er öffnete eine blaue Mappe.

»Mister Turner. Beeindruckende Leistung. Energischer Vortrag, innovative Ideen.«

»Danke, Sir«, sagte Louis geschmeichelt.

»Miss Monroe.« Montgomery blätterte um und blickte Selma über den Rand der Mappe hinweg an. »Noch beeindruckender. Überzeugende Argumente auf ganzer Linie.«

»Danke, Sir«, schnurrte diese ergeben. »Das Kompliment kann ich nur zurückgeben.«

Mir wurde schlecht.

Montgomery wendete sich mir zu. »Miss St. James?«

»Hm?«

»Sie haben den Job. Herzlichen Glückwunsch!«

Während Louis betreten seufzte, schnappte Selma entrüstet nach Luft. Mir klappte die Kinnlade runter.

»Sie waren nicht nur beeindruckend, sie waren spektakulär«, fuhr Montgomery routiniert fort. »Ihre Ausarbeitung der Dellaware-Kampagne hätte kein Marketingexperte mit Erfahrung besser hinbekommen. Beide Psychologen waren sich sofort einig, also ist uns die Entscheidung leichtgefallen. Willkommen bei JC Events. *Sie fangen in acht Wochen an.«*

»Ich war so glücklich und dann war Shawn nicht da, um mein Glück zu teilen.«

»Moment mal!« Sarah war so heftig aufgesprungen, dass ihr Stuhl auf den Holzboden krachte. »Dein Glück? Du hast den Job?«

Ich nickte. Ich hätte Shawn so gerne davon erzählt. Dann schob ich meine Wehmut beiseite. »Die beiden Psychologen haben mir schon nach dem ersten Drittel aus der Hand gefressen, die restlichen zwanzig Minuten waren reine Formsache.«

»Wie geil ist das denn?«, jubelte Sarah. Bevor ich mich versah, war sie um den Tisch herumgekommen, hatte mich hochgezogen und umarmt.

»Ich bekomme keine Luft mehr«, nuschelte ich. Meine Nase wurde in ihr Haar gedrückt, während ihre Hand auf meinem Hinterkopf lag.

»Pardon!« Sie ließ mich los und strahlte mich dann an, als würde gerade die Sonne aufgehen. »Das müssen wir feiern, Süße! Jetzt gleich.« Sie ignorierte meine verkniffene Miene. Ich ließ mich wieder auf meinen Stuhl fallen.

»Nein, müssen wir nicht«, entschied ich.

»Wegen Shawn?«

»Ja, wegen Shawn! Wie würdest du dich an meiner Stelle fühlen?«

Sarah setzte sich mit einer wohlgeformten Pobacke auf

den Tisch und ließ ein schlankes Bein baumeln. »Vielleicht ist ihm etwas dazwischengekommen, bevor er dich abholen konnte? Kann doch sein.«

»Nein«, hielt ich dagegen. »Das war es nicht. Es ist … es war … er hatte getrunken.«

Sarah hörte auf, mit dem Bein zu wippen. »Oha!«

»Genau.«

Sie runzelte die Stirn, dann schüttelte sie den Kopf. »Das klingt nicht nach Shawn«, stellte sie fest. »Ich meine, er ist ein Draufgänger, aber kein Volltrottel. Wenn der Coach ihn in dem Zustand erwischt hätte, wäre er die längste Zeit Quarterback der *Penn Quakers* gewesen. Ein Besäufnis unter der Woche geht gar nicht.«

»Er hatte sich nicht abgeschossen, nur genug getrunken, um …« Ich überlegte, wie ich es am besten formulierte. »Um sein Gehirn auf Sparflamme zu schalten.«

Sarah knabberte an ihrer Unterlippe. »Warum hast du ihn nicht darauf angesprochen? Ihr quatscht doch sonst über alles.«

Tja …

»Wir hatten Sex.«

»Verstehe.« Sie griff nach ihrer Tasse und trank einen Schluck, ohne mich aus den Augen zu lassen.

»Und jetzt?« Ich klang so verzweifelt, wie ich mich fühlte. »Ich kann das nicht so stehen lassen. Da war etwas in seinen Augen. Verzweiflung, Wut, Hilflosigkeit. Etwas beschäftigt ihn, und zwar sehr.«

»Dann ruf ihn an und rede mit ihm.«

»Hab ich schon versucht. Er geht nicht ans Telefon und auf meine Textnachrichten reagiert er auch nicht. Das ist alles so schräg … Ich verstehe es einfach nicht.«

Sarah stellte ihre Tasse weg. »Mein Tipp? Abstand

gewinnen. Dann klären sich deine Gedanken von selbst. Wann beginnt das Traineeprogramm bei *JC*?«

»In zwei Monaten.«

»Bis dahin bist du also frei und unabhängig. Besuch deine Eltern. Deine Mom bringt dich mit Sicherheit auf andere Gedanken.«

Unwillkürlich musste ich an unseren Wohnwagen denken, als ich noch klein war. Eine Hexenküche war nichts dagegen. Es roch nach Kräutern, Blumen und Essenzen, die ich nicht definieren konnte. Überall standen Töpfe, Fläschchen und Dosen herum. Meine Mom nannte es künstlerische Schaffensfläche. Dad und ich nannten es Chaos.

»Auf andere Gedanken bringt sie mich bestimmt, aber ob die mir guttun, sei mal dahingestellt«, brummte ich verdrossen.

Sarah grinste frech. Sie kannte meine Eltern und wusste, was mir durch den Kopf ging. »Mach schon«, ermunterte sie mich. »Ein paar Wochen Urlaub werden dir guttun.«

Der Gedanke, Philadelphia und Shawn zu verlassen, bereitete mir Bauchschmerzen. Andererseits hatte Shawn mich mit einem Zettel abgespeist, statt den Arsch in der Hose zu haben, den Mund aufzumachen. Egal, was passiert war, das hatte ich nicht verdient! Ich war enttäuscht und ich war wütend und wenn irgendwas los war, sollte er mit mir reden und nicht so einen Mist verzapfen. Sollte ich Shawn in diesem Zustand begegnen, würden meine Emotionen hochkochen, das war so sicher wie das Amen in der Kirche. So weit wollte ich es nicht kommen lassen. Vielleicht war eine Auszeit eine gute Idee. Shawn hatte meine Nummer. Wenn er reden wollte, konnte er das jederzeit tun.

Bitte, lieber Gott, lass ihn zur Vernunft kommen. Ich muss wissen, was los ist.

»Lily?«

Ich sah auf und starrte Sarah an.

»Hier sitzen und darauf warten, dass Shawn auf Knien um Verzeihung bettelt, ist auch keine Lösung.«

Als würde Shawn so etwas je tun.

»Na schön.« Seufzend stand ich auf. »Hoffentlich hat Mom ein Einsehen und verschont mich mit ihren neuen Kräutercremes.«

Sarah kicherte. »Vielleicht färbt sich deine Haut wieder orange wie beim letzten Mal. Wäre auf jeden Fall eine Ablenkung für dich.«

»Deine Euphorie wärmt mir das Herz.« Ich küsste sie auf die Wange.

»Immer wieder gerne.«

»Danke, dass du mir zugehört hast«, sagte ich ehrlich. Dann ging ich in mein Zimmer und packte meinen Koffer.

KAPITEL 18

SHAWN

Ich war ein Feigling.

Ein Feigling, der zu Lily gegangen war, um es zu beenden.

Ein Feigling, weil ich sie geküsst hatte, anstatt ihr die Wahrheit zu sagen.

Ich bin nicht gut genug für sie. War es nie.

Und doch hatte ich mit ihr geschlafen. Ein letztes Mal.

Was sagte das über mich aus?

Genau. Dass ich nicht gut genug für sie bin.

»*Frady*!«

Ich reagierte zu spät und der Ball traf mich mitten auf die Brust. Es war das dritte Mal, dass ich das Drecksteil nicht gefangen hatte. Vor Wut schleuderte ich den Ball mehrere Yards weit in die nächste verfluchte Ecke und rieb mir kurz die Brust.

Drei Tage war es her, dass ich sie berühren durfte.

Drei Tage war es her, dass ich mich wie der letzte Arsch aus ihrem Bett gestohlen hatte.

Drei lange Tage …

»Scheiße noch mal!«, fluchte der Coach und stampfte

mit seiner nervigen Pfeife in der Hand auf mich zu. »Drei Fehlpässe hintereinander. Was zum Teufel spielst du da? Football ist es nicht!«

Ich verdrehte die Augen und legte den Kopf in den Nacken. Dass das gesamte Team uns genaustens beobachtete, kümmerte mich einen Scheiß.

»Komm, verzieh dich. Für dich ist das Training beendet.«

Das ließ ich mir nicht zweimal sagen.

»Was für ein kümmerlicher Dreckshaufen! Und damit meine ich euch alle«, brüllte der Coach weiter. Sollte er. Selbst Football brachte mir nicht die ersehnte Abwechslung.

Eine Stunde später, frisch geduscht und mit dem Vorsatz, Lily endlich aus meinem Schädel zu bekommen, saß ich wieder einmal im *Founding Fathers*. Diese Bar verkörperte schon von außen genau das, was ich so dringend benötigte: Sünden. Ich musste sündigen. Hemmungslos.

Dieses Mal würde ich nicht zu Lily gehen, weil ich nichts anderes wollte, als bei ihr zu sein … Dieses Mal nicht!

Überzeugen sollte mich die kleine heiße Stripperin, die sich gerade ungeniert an meinem Bein rieb.

»Normalerweise darf ich nichts mit Kunden anfangen«, flüsterte sie mir ins Ohr, während ihre herrlichen Brüste meinen Oberarm streiften.

Ich schnaubte und nahm einen kräftigen Schluck aus meiner Bierflasche.

»Ach, echt?«, fragte ich lahm nach.

»Aber bei dir kann ich eine Ausnahme machen.«

Natürlich.

Die Musik aus den Achtzigern hallte durch die Boxen.

Der Gestank von Zigaretten und anderen Substanzen stieg mir in die Nase.

Ich nahm einen weiteren Schluck aus meiner Flasche. Sie tanzte um mich herum, einer ihrer Finger berührte mich am Nacken.

Nichts. Mein Schritt blieb regungslos.

Frustriert schloss ich die Augen, nur um Lily vor mir zu sehen. Sie sah so wunderschön aus, als ich sie mitten in der Nacht verließ.

Lily …

Ich musste nur an sie denken und sah ihr wunderschönes Gesicht vor mir. Die Erinnerung an ihr Parfum, dieser blumige, sanfte Duft … Scheiße, den könnte ich nie vergessen. Dazu ihr Lachen …

Verflucht!

Die Stripperin machte es sich auf meinen Schoß gemütlich. No way!

Ich stand auf, damit es nicht zu diesem Hautkontakt kommen konnte. Sie plumpste auf den Boden.

»Hey! Was soll denn das?«

Ich ignorierte sie und stürmte aus der Bar.

Die kühle Abendluft war genau das, was ich brauchte. Frustriert fuhr ich mir durch mein unrasiertes Gesicht.

Was hatte ich mir hierbei gedacht? Was wollte ich mir verdammt noch mal beweisen? Um mich herum liefen die Passanten an uns vorbei, als plötzlich irgend so ein angetrunkener Jüngling mich umarmte. Ich drückte ihn von mir.

»Ja, isch schon gut. Wollte nur kuscheln.«

»Verzieh dich!«

Der Kerl lachte, schwankte ein paar Meter und lief dann den Bürgersteig weiter entlang.

Mein Auto stand zwei Blocks von hier entfernt. Wir

hatten Wochenende. Die Straßen waren voll mit Leuten, die Spaß haben wollten.

Seufzend begann ich loszulaufen. Leider war ich nicht annähernd betrunken genug, um meine Gedanken auf stumm zu stellen.

Gestern hatte Eric mich auf eine Studentenparty mitgenommen, wie unzählige Male zuvor. Bis vor Kurzem hatte auch ich meinen Spaß daran, irgendeine Studentin flachzulegen.

Dann erschien wieder *sie* vor meinem geistigen Auge und flüsterte: *Ich liebe dich auch.*

Ich war schneller von dieser Studentenparty geflohen, als Eric überhaupt darauf reagieren konnte. Ich hatte verloren. Genau wie heute.

Ich bog um die Ecke und zog meinen Autoschlüssel aus der Hosentasche.

»Ich würde lieber *Iron Man* schauen«, hörte ich plötzlich eine Frauenstimme. An mir liefen zwei junge Leute vorbei.

»Schon wieder?«, fragte der Typ, der neben ihr lief.

»Er ist halt … Tony Stark«, antwortete die kleine Blondine verträumt und ließ sich nicht dabei stören.

»Großer Gott, ich kotz gleich«, murrte er, starrte die Kleine aber nicht so an. Er stand auf sie.

»Du bist ja nur neidisch«, hörte ich sie noch sagen, dann bogen sie um die Ecke.

Einen Augenblick lang blieb ich einfach direkt auf dem Bürgersteig stehen. Die Erinnerungen an so viele Momente, die diesem hier ähnelten, überkamen mich ungewollt und viel zu heftig.

Wieder projizierte mein Hirn mir Bilder in den Kopf.

Lily, wie sie sich halbtot lachte, weil mir während eines Filmabends unerklärlicherweise Popcorn in der

Nase steckte. Lily, die nicht mir den Football zuwarf, sondern Eric traf, der tatsächlich auf seinen Allerwertesten fiel, weil mein Mädchen so eine Wucht in den Wurf gelegt hatte. Danach versuchte sie nie wieder, Bälle zu werfen.

Lily, die stöhnend unter mir lag. Haut an Haut. Herz an Herz.

Mit einem ordentlichen Schwung schlug ich auf die Motorhaube meines Wagens. Ich war an meinem Ziel angekommen. Jetzt müsste ich nur nach Hause fahren.

Aber das wollte ich nicht. Ich wollte es die ganze Zeit nicht. Es hätte nicht so scheiße schwer werden sollen, oder?

Mein Handy begann zu klingeln. Dass es Lily wäre, konnte ich mir abschminken. Sie hatte dreimal versucht, mich anzurufen … und dreimal hatte ich es ignoriert. Seit zwei Tagen hatte sie es nicht mehr versucht. Kein Wunder.

Ich zog das Ding aus der Tasche und erkannte Pauls Namen auf dem Display. Seufzend nahm ich den Anruf an, während ich noch immer an meiner Motorhaube stand und vor mich hinstarrte.

»Du lebst also noch. Gut zu wissen«, sagte er.

»Ich lebe noch«, antwortete ich.

»Egal, was du für eine Scheiße gebaut hast. Krieg es wieder auf die Reihe.«

»Warum sollte ich …«

»Weil du es jedes Mal verhaust, wenn Dad auftaucht und dich zur Schnecke macht.«

»Schwachsinn«, behauptete ich, aber natürlich hatte er recht.

»Ach ja? Das letzte Mal hast du die Karre vom Direx geklaut und mit seiner Tochter eine kleine Spritztour …«

»Halt's Maul, Paul.«

»Sag schon, was hast du jetzt wieder angestellt? Es hat hoffentlich nichts mit Lily zu tun!«

Ruckartig stand ich kerzengerade auf dem Bürgersteig. »Warum? Was ist passiert?«

Paul schnaubte. »Ich habe den Herrn ja nicht erreicht, also habe ich erst bei ihr angerufen. Sie hab ich auch nicht erreicht, also musste ich es bei Sarah versuchen, was natürlich mega angenehm war …«

»Verdammt, Paul, komm auf den Punkt!«

»Ja, nach einer längeren Diskussion, dass ich doch bitte Lilys Privatsphäre respektieren sollte, wobei ich Sarahs Meinung nach *Respekt* als Fremdwort erachte, hat sie mir dann endlich gesagt, dass Lily nicht mehr da ist.«

Was hatte er gesagt?

»Nicht mehr da?«

»Sie ist zu ihren Esoterikeltern. Und da ich deiner Stimme entnehme, dass du davon absolut keine Ahnung hast …«

Sie war weg? Einfach weg?

Wundert dich das wirklich? Du hast sie gehen lassen!

»Ich muss auflegen.«

»Moment! Du hast sie doch nicht verletzt, weil du diese Scheiße mit Dad nicht auf die Reihe kriegst?«, fragte Paul.

Ich stieg ein und startete gerade den Wagen, als mein großer Bruder noch nachlegen musste.

»Alter, Shawn! Dass du dein Maul nicht aufmachst, ist Antwort genug!«

»Was willst du von mir hören? Dass ich Scheiße gebaut habe? Ja, das ist mir seit Tagen klar. Ich … ich habe es vermasselt. Dads Leier hat mich kurz vergessen lassen, was wichtig ist.«

»Und das wäre?«

»Sie, Paul. Einfach nur sie.«

Ich legte auf, weil es nichts mehr zu sagen gab, und fuhr los.

Ich hatte keine Ahnung, was ich ihr sagen sollte … und keine Ahnung, ob sie mir verzeihen würde. Aber ohne sie würde ich nicht zurückkommen.

KAPITEL 19

LILY

»Isst du das noch?« Mom nickte zu meinem Omelett, das ich kaum angerührt hatte. »Wäre schade drum.«

Wir saßen schon den dritten Morgen in Folge an einem Fenstertisch ihres Lieblingsrestaurants. Sie wurde nicht müde, die Speisekarte hoch- und runterzuloben.

»Alles deins.« Ich schob ihr den Teller rüber.

Die Bedienung kam zu uns und schenkte Mom Kaffee nach. »Auch noch?« Lächelnd schwenkte sie die gefüllte Glaskanne vor meiner Nase.

»Danke, Elli. Ich hab genug.«

Entrüstet stemmte Elli die freie Hand in die rundliche Taille. »Du hast Noahs Essen kaum angerührt. Schmeckt es nicht?«

Noah war der Besitzer und Koch des Pancakehouse. Er kochte zum Niederknien, was mein schlechtes Gewissen schürte.

»Es ist köstlich, aber ich kann wirklich nicht mehr.«

»Bist du krank?«, fragte sie besorgt. »Du isst wie ein Spatz.«

»Liebeskummer«, kommentierte Mom knapp.

Ich verzog den Mund. Ich liebte Mom, aber manchmal hätte ich ihr gern den Hals umgedreht. Mein gebeuteltes Seelenleben ging niemanden etwas an. Am wenigsten eine Bedienung aus einem Frühstücksrestaurant in Bridgetown, auch wenn sie sehr sympathisch war.

»Halb so wild«, wiegelte ich die Sache ab. »War nur 'ne Bettgeschichte.«

Zumindest für Shawn. Davon war ich mittlerweile überzeugt.

Mom sah von ihrem Teller auf. »War es nicht.«

»War es doch.«

Elli seufzte. »Es ist kompliziert, hm?«

Ich nickte. Dann schüttelte ich den Kopf. »Eigentlich nicht. Er hat mich abserviert, nachdem er bekommen hatte, was er wollte. Punkt, aus, Ende der Geschichte.« Je öfter ich darüber nachdachte, desto mehr kam ich zu der Erkenntnis, dass Sarah recht hatte. Seit Tagen versuchte ich, den Schmerz in meiner Brust zu ignorieren, scheiterte aber kläglich.

»Und ich sage, du irrst dich!«, hielt Mom dagegen.

Wenn sie jetzt wieder damit anfing, ich solle Shawn anrufen und die Klügere sein, indem ich nicht lockerließe, dann würde ich ihr Omelett in der extrascharfen Chilisauce ertränken. Verstand sie denn nicht, wie verletzt ich war? Sarah hatte mir vorgestern Nacht vom gut besuchten *Founding Fathers* aus geschrieben. Shawn hatte dort mächtig Spaß. Mit einer vollbusigen Blondine, die sich auf seinem Schoß wie die Rodeoqueen persönlich ausgetobt hatte.

Okay, Shawn hatte sie irgendwann von seinem Schoß geschoben und war gegangen. Aber es änderte nichts an der Tatsache, dass er mich scheinbar austauschen konnte wie seine Unterhosen. Im Gegensatz zu mir litt er kein bisschen.

»Iss dein Omelett«, entgegnete ich nur.

»Aber …«

»Mom«, knurrte ich warnend. »Iss!«

Elli hüstelte, aber es klang eher wie ein verstecktes Lachen. »Wenn ihr noch was braucht, ihr wisst, wo ihr mich findet.« Sie lief zum nächsten Tisch weiter, um dort Kaffee nachzuschenken. Mom widmete sich ihrem Frühstück, aber ich hatte ihr Augenrollen gesehen. Zum Glück ließ sie Shawn und alles, was mich sonst noch runterzog, ruhen. Wir unterhielten uns über die neuen Lavalampen. Das Geschäft lief gut und das freute mich. Mom und Dad hatten es verdient, glücklich zu sein.

Plötzlich summte Moms Handy.

»Dein Vater findet den Autoschlüssel nicht«, sagte sie seufzend, nachdem sie das Display gecheckt hatte. »Ich geh mal vor die Tür und erkläre ihm, wie unser geordnetes Chaos funktioniert. Dann kann ich mir auch gleich die Beine vertreten. Das zweite Omelett war doch zu viel.«

»Seit wann bist du so nachsichtig?«, fragte ich stirnrunzelnd. »Du lässt Dad sonst auch suchen, bis der Arzt kommt.« Ich stockte. »Dad ist doch nicht krank, oder?«

»Dein Vater ist das blühende Leben.« Mom steckte das Handy ein und stand auf.

»Sicher?« Dad war Mitte sechzig. Irgendwann fingen die Wehwehchen an, und wie ich Mom und Dad kannte, würde ich davon als Letzte erfahren, weil sie mich nicht beunruhigen wollten.

»Dein Vater kann sich verbiegen wie eine Brezel und sein Herz ist so fit wie das eines Langstreckenläufers.«

Zweifelnd sah ich sie an.

»Ich erzähl dir später von unserer letzten Tantrastunde, wenn du mir nicht glaubst.«

»Nein, danke«, sagte ich schnell. »Ich verzichte.«

Mom nickte, drehte sich um und sah über die Schulter. »Bin gleich zurück.«

»Ich komme mit«, schlug ich vor. »Mit Frühstücken bin ich eh fertig.«

Ich wollte meinen Stuhl zurückschieben, doch Mom hielt mich auf. »Beweg dich nicht von der Stelle!«, befahl sie streng.

Mein Hintern plumpste zurück auf die Sitzfläche. »Der Ton ist neu«, sagte ich perplex.

Ihr Blick wurde weicher. »Ich will nur … also … ich möchte allein mit deinem Vater sprechen.«

»Habt ihr Geheimnisse vor mir?«

»Vielleicht …« Sie zwinkerte mir zu. »Ich sag nur: zweiter Frühling.«

»Danke, das reicht.« Mehr Kopfkino vertrug ich nicht. »Geh telefonieren. Ich schwöre, ich seh nicht mal in die Richtung, in die du verschwindest.«

Als sie weg war, holte ich mein Smartphone aus der Tasche und schrieb Sarah eine Nachricht. Sie bestand auf regelmäßige Updates, seitdem ich vor drei Tagen wie ein Häufchen Elend zu meinen Eltern aufgebrochen war. Ich hatte gerade auf *Senden* gedrückt, als sich jemand hinter mir räusperte. Ich blickte über die Schulter, in der Erwartung, Elli zu sehen, die mich zu einem weiteren Kaffee überreden wollte – doch es war Shawn.

Kein Scherz, ich wäre beinahe vom Stuhl gefallen!

Er trug eine Jeans und ein enges Longsleeve, das bis zu den Ellenbogen hochgeschoben war. Seine Hände steckten in den Hosentaschen, als er mich ernst ansah. »Kann ich mich setzen?«, fragte er leise.

Eigentlich will ich, dass du gehst. Nein, ich will, dass du bleibst. Ach verdammt!

»Meine … meine Mom kommt gleich zurück«, stammelte ich.

Shawn wandte den Blick nicht von mir ab. »Kommt sie nicht. Sie hat das hier arrangiert.«

Ungläubig sah ich aus dem Fenster, aber Mom war verschwunden. »Die Nachricht eben war von dir?« Ich fragte mich, ob ich so perplex aussah, wie ich mich fühlte.

Shawn nickte.

Interessant. Seit wann konnte Mom lügen, ohne rot zu werden?

»Darf ich mich setzen?«, fragte Shawn erneut.

»Warum?«, fragte ich tonlos. Dabei kannte ich die Antwort. Er wollte reden. Nur war ich mir nicht sicher, ob ich hören wollte, was er zu sagen hatte.

Shawn zog eine Hand aus der Tasche und kratzte sich verlegen im Nacken. »Ich … habe nur vier Stunden im Wagen geschlafen. Sitzen wäre von Vorteil.«

Meinetwegen der ganze Aufwand? Wow. Deswegen sah sein Haar aus, als wäre er gerade aus dem Bett gekommen. Wobei ich gestehen musste, dass mir dieser Out-of-bed-Look ausnehmend gut gefiel. Mein Puls legte noch einen Zahn zu, aber ich schaffte es, meine Stimme ruhig und neutral klingen zu lassen. »Vielleicht solltest du zur Abwechslung nachts mal schlafen, statt zu feiern.«

Shawns Augen funkelten. »Woher weißt du …?«

»Sarah. Sie war im *Founding Fathers* und hat mir geschrieben, na und? War ja nicht gerade so, dass du heimlich mit der Barbie rumgemacht hast.«

»Ich habe mit niemandem rumgemacht!«

Ich schnaubte. »Verarsch mich nicht, Shawn.«

Shawn zog sich den Stuhl ran und setzte sich. »Ich

konnte nicht rummachen. Nein!«, korrigierte er sich schnell. »Ich *wollte* nicht.« Er mied meinen Blick. Seine Stimme wurde rau. »Anfangs schon. Da dachte ich, sie könnte mich ablenken. Aber es hat nicht funktioniert. Mir hat sich der Magen umgedreht, deswegen bin ich gegangen.«

»Wovon sollte sie dich ablenken?«, fragte ich heiser, hoffend, dass er das Richtige sagt.

»Von dir«, gestand Shawn. »Ich wollte mir beweisen, dass sich nichts verändert hat. Ich wollte da weitermachen, wo ich aufgehört habe, bevor wir zusammengekommen sind.« Er schüttelte den Kopf. »Es hat nicht funktioniert. Weil ich dich liebe, Lily. Und weil ich dich immer lieben werde, auch wenn ich nicht gut genug für dich bin.«

Ich lehnte mich zurück und sah ihn zweifelnd an. »Deswegen bist du morgens sang- und klanglos verschwunden? Deswegen hast du mich einfach so zurückgelassen? Ein Zettel mit einem beschissenen Satz, Shawn! Das war alles, was du für mich übrig hattest? Weil du meintest, nicht gut genug für mich zu sein? Wer hat dir so einen Mist eingeimpft?«

Shawn stieß die Luft aus. »Mein Vater war bei mir und hat mir ins Gewissen geredet. Er hat mich daran erinnert, wie ich nie sein will, und doch bin ich ein Frady. Ein genetisch vererbtes Arschloch. Danach war ich völlig durch den Wind.«

Seine Beichte berührte mich. Ich kannte die Geschichten um seine verkorkste Familie. Shawn hatte mir oft davon erzählt. Und ich wusste auch, wie viel Einfluss sein Vater noch immer auf ihn hatte, auch wenn Shawn sich selbst dafür hasste. »Wir hätten darüber reden können.«

»Ich sag ja, ich war völlig durch den Wind.« Gequält sah er mich an. »Es tut mir so leid.«

Elli kam an den Tisch. Sie blieb stehen und betrachtete Shawn eingehend. »Ist er das?«, fragte sie mich. »Der Typ, wegen dem du Noahs Omelett verschmähst?« Sie wartete meine Antwort nicht ab, sondern hob einen Zeigefinger in Shawns Richtung. »Bring das wieder in Ordnung, Junge. Sonst ist sie bald nur noch Haut und Knochen.«

Sollte Shawn von ihrem Überfall überrascht sein, so zeigte er es nicht. »Ich habe ihr schon gesagt, was für ein Idiot ich war.«

»Arschloch«, korrigierte ich ihn. »Du nanntest dich Arschloch.«

»Spielt das jetzt eine Rolle?«, murmelte Shawn. »Ich habe zugegeben, Mist gebaut zu haben.«

»Zwischen einem Idioten und einem Arschloch besteht ein himmelweiter Unterschied. Auf einer Skala von eins bis zehn steht der Idiot auf der Drei, das Arschloch rangiert auf einer Acht bis Neun.«

Elli und Shawn blickten mich gleichermaßen geschockt wie belustigt an. Elli fragte sich vielleicht sogar, ob ich Drogen nahm. Innerlich verpasste ich mir eine Ohrfeige.

»Ich bin nervös«, gestand ich. »Und rede Blödsinn. Also streich meine letzten Sätze.«

Elli schmunzelte. »Ich seh schon, ihr werdet das wunderbar meistern. Lily?«

»Hm?«

»Hör auf dein Herz. Das trifft nämlich die wichtigen Entscheidungen, nicht der Verstand.« Sie drehte sich um und rauschte davon.

Perplex sah ich ihrem federnden Gang hinterher, als Shawn über den Tisch griff und meine Hand nahm. »Ich bin tatsächlich so egoistisch, dich zu bitten, mir eine zweite Chance zu geben.«

Und da waren die Worte, die ich unbedingt von ihm hören wollte. Von denen ich die letzten Nächte geträumt hatte, nachdem ich mich in den Schlaf geweint hatte.

»Was, wenn es wieder passiert?«, fragte ich mit gemischten Gefühlen im Bauch. »Was, wenn du wieder an dir zweifelst? Wirst du mich dann erneut ausschließen und einfach gehen?«

»Nie wieder«, beteuerte er.

»Schwörst du?«

»Ich schwöre!«

Es klang ehrlich. Shawn meinte, was er sagte, und dennoch … letzte Vorbehalte blieben.

»Ich brauche dich, Lily. Ohne dich …« Gequält schloss er die Augen, als hätte er Schmerzen. Dann schaute er mich wieder an. »Tony kann ohne seine Pepper nicht leben. So verkorkst er auch ist, er liebt sie über alles … Ich brauche auch meine Pepper. Ich brauche dich, Lily.«

So verrückt es auch klang, ich verstand, was er damit meinte. Dennoch musste ich noch etwas loswerden.

»Ich dachte, ich kenne dich, Shawn. Aber der Typ, mit dem ich unzählige Nächte vor dem Fernseher verbracht habe, dem ich die lästigen Gurken vom Sandwich esse und der mir Corndogs kauft, wenn ich sie am nötigsten brauche – dieser Shawn hätte den Mund aufgemacht. Er hätte nicht an sich gezweifelt, weil sein Arschlochvater Bockmist redet. Er hätte nicht an *uns* gezweifelt, und weißt du auch warum? Weil er gewusst hätte, was ich für ihn empfinde und dass er das Beste ist, was mir jemals passiert ist.«

Shawn schluckte hart. »Ich bin das Beste, was dir jemals passiert ist?«, wiederholte er kratzig.

Ich nickte.

»Bedeutet das …«

»Dass ich dir eine zweite Chance gebe? Ja.« Ich hob den Zeigefinger. »Aber solltest du es wieder verbocken, dann …«

»Was dann?«

»Ach, keine Ahnung! Aber ich lasse mir etwas einfallen.«

Shawn legte seine Hand an meine Wange und streichelte sie sanft. »Da ich dich kein weiteres Mal enttäuschen werde, brauchst du deine grauen Zellen nicht anzustrengen.«

»Ich Glückliche.«

Shawn grinste. Dann beugte er sich vor und küsste mich zärtlich. Hitze stieg in mir auf und Schmetterlinge tanzten in meinem Bauch.

»Vielleicht ist jetzt nicht der passende Zeitpunkt«, sagte er verschmitzt. »Aber ich habe dir noch gar nicht gratuliert. Also: Herzlichen Glückwunsch zum Job.«

Ich grinste übers ganze Gesicht, weil ich mich so freute. Dann kniff ich die Augen zusammen. »Wer hat es dir verraten?«

»Deine Mom.«

»Diese kleine Verräterin. Ich war sauer auf dich und sie verbündet sich mit dem Feind!«

»Freund«, korrigierte mich Shawn. »Ich bin dein Freund und ich habe vor, diesen Umstand auf unbestimmte Zeit nicht zu ändern. Und wenn deine Mom nicht gehandelt hätte, wäre ich jetzt nicht hier. Du hast meine Anrufe letzte Nacht ignoriert …«

»Weil mein Handy ausgeschaltet war.«

»Wie auch immer. Du solltest deiner Mom dankbar sein. Zum Glück hatte ich auch ihre Nummer.«

Ein ehrliches Lächeln schlich sich auf meine Lippen. »Ich bin ihr dankbar. Sehr sogar.«

»Ich auch«, flüsterte Shawn ergeben. Er umfasste mein Gesicht mit beiden Händen und küsste mich so leidenschaftlich, als wären wir nicht umgeben von etlichen Gästen, die uns neugierig beobachteten.

Manchmal war ein Kuss eben nur ein Kuss. Manchmal war er mehr. Dieser war ein Versprechen. Ganz ohne Worte.

EPILOG

SHAWN

Ein Jahr später …

»Geht das nicht etwas schneller?«, fragte ich meinen großen Bruder und sah genervt vom Beifahrersitz aus zu ihm.

»Meine Fresse, das Spiel hat noch nicht mal angefangen.«

»Bei deinem Fahrstil ist das Spiel vorbei, wenn wir ankommen!« Ein weiteres Auto überholte uns auf der Interstate. »Wink mal der 80-jährigen Fahrerin zu, die uns gerade überholt!«

Ich winkte, obwohl die Dame nicht hinsah. Vermutlich musste sie sich in dem Alter vollkommen auf die Straße konzentrieren.

»Mann, das hier ist nicht dein verdammter Jeep Wrangler, sondern ein Mercedes.«

»Ja, der verdammt noch mal PS unterm Hintern hat. Also los jetzt!«

Paul verdrehte die Augen. »Was hetzt du denn so, zum Teufel noch mal?«

»Beeil dich einfach!«, murrte ich, weil ich nicht zu auffällig sein wollte. Und doch war es natürlich genau das, was Paul stutzig machte. Er fuhr 80 Meilen die Stunde, verriet mir das Tachometer, als er plötzlich langsamer wurde. Und langsamer … und langsamer. Abschätzig sah er immer wieder zu mir rüber.

»Ach, komm schon«, murmelte ich genervt.

»Wir werden schon ankommen, kleiner Bruder. Nur *wann*, das ist die Frage …« Seine eine Augenbraue zuckte.

»Na schön! Du willst es unbedingt wissen?«

Ich dachte, ich würde aus der Sache noch rauskommen, aber nichts da. Paul nickte neugierig. Kopfschüttelnd holte ich das kleine schwarze Kästchen aus meiner Hosentasche.

»Heiliger Bimbam!«, rief Paul. »Deswegen hast du fast täglich mit dem Juwelier geredet.«

»Du hast mich belauscht?«

»Natürlich«, antwortete er, als wäre das vollkommen klar. »Du bist ja mit jedem Tag nervöser geworden.«

Das lag an diesem verdammten Ring, der erst angefertigt werden musste. Seit Wochen überlegte ich, wie ich Lily die Frage aller Fragen stellen würde … und jetzt, da der Ring tatsächlich fertig und meine Geduld am Ende war, würde es passieren.

»Scheiße, du willst es wirklich tun, oder? Heiraten, eine Frau für immer und all den Kram, der dazugehört.« Paul klang fassungslos.

Vor einem Jahr hätte ich vermutlich genauso darüber gedacht. Aber das war, bevor ich mich in Lily verliebt hatte. In meine Lily, die mich so gut kannte, dass sie mir immer noch die Gurken vom Sandwich aß, ohne dass ich sie darum bitten musste, und die so tat, als wüsste sie nicht, dass ich diesen Quinoascheiß mochte, es aber so aussehen ließ, als hätte nur sie Appetit darauf. Ich liebte sie mit jedem Tag mehr und irgendwann fing die Stimme in meinem Kopf an, darüber nachzudenken, wie es wäre, wenn Lily meinen Nachnamen tragen würde. Seitdem bekam ich diesen Gedanken nicht mehr aus der Birne.

»Und was, wenn sie Nein sagt?«

Pauls Frage verwirrte mich völlig und offenbar sah er mir das auch an.

»Was? Sag bloß, du hast nie darüber nachgedacht?«, fragte Paul spöttisch.

Meine Sprachlosigkeit blieb. Was, wenn sie tatsächlich Nein sagte?

Plötzlich begann Paul schallend zu lachen. »Scheiße, du bist ja ganz blass geworden.«

»Du bist ein mieser …«

»Ich liebe dich auch«, schnaubte er, als er den Wagen auf den Parkplatz des Philadelphia Sport Komplex lenkte und parkte. Paul folgte mir mit etwas Abstand, als ich mit großen Schritten zum Stadion lief. Lily und Sarah saßen auf der Tribüne, während die meisten Jungs bereits auf dem Spielfeld waren. Einmal im Monat schafften wir es, den Großteil unseres alten Uni-Footballteams zusammenzurotten und ein Spiel zu machen. Irgendeins, Hauptsache, wir hatten Spaß. Heute war Baseball an der Reihe.

»Na endlich!«, rief Chase, der bereits auf der 100 Yards-Linie stand und den Ball ungeduldig in den großen Lederhandschuh schlug. »Bewegt eure Ärsche her!«

»Ich weiß wirklich nicht, warum er dein Kumpel ist«, murrte Paul und blieb am Rand neben mir stehen.

»Du kannst ihn nur nicht ab, weil er Sarah mal hatte.«

Pauls bitterböser Gesichtsausdruck war zum Schießen. Ich beließ es dabei. Er musste selbst checken, was er wollte. Mein Blick schoss automatisch wieder zur Tribüne. Die Frau, die mir den Kopf gewaschen hatte, saß breit grinsend neben ihrer Cousine. Lily und Sarah winkten mir zu. Ich winkte zurück. Sarah widmete sich wieder den Jungs auf dem Spielfeld, aber Lily und ich grinsten noch immer wie bescheuert.

Scheiße. Das war Liebe. Verdammte Liebe, die nach einem Jahr nur noch stärker geworden war. Mein Dad hätte mir das fast vermasselt. Ich selbst hätte es fast vermasselt. Jetzt verdiente ich mein Geld als Quarterback der *Philadelphia Eagles*. Ja, verdammt, ich hatte einen Profivertrag angeboten bekommen und keine Sekunde gezögert, ihn anzunehmen. Scheiß auf die Pläne meines Vaters. Ich ging meinen eigenen Weg! Lily arbeitete erfolgreich in ihrem Traumjob und ich durfte jeden Morgen mit breitem Grinsen im Gesicht aufwachen, weil sie zu mir gehörte. Sie war es, die mich nahm, wie ich … nun mal war. Und ich wusste gut genug, dass es nicht immer einfach mit mir war. Eigentlich wollte ich sie heute Abend vor dem Fernseher zwischen *Iron Man* und *Thor* fragen, ob sie mich Trottel für immer nehmen wollte. Aber ich hatte meine Pläne geändert. Ich wollte nicht länger warten.

Lilys Grinsen verwandelte sich in ein zögerliches Lächeln, dann runzelte sie die Stirn. Ich starrte sie immer noch breit grinsend an.

Sie nickte mir verwirrt zu, weil sie es nicht begriff. Das kleine Kästchen lag drückend in meiner Hosentasche.

»Alter, kommst du jetzt?«, rief Chase mir genervt zu.

Ich ignorierte ihn und die Jungs, die auf dem Spielfeld auf mich warteten, und lief auf Lily zu. Sie trug ein enges

Shirt und diese knappe Jeans, die ich ihr fast täglich vom Leib riss, weil sie mich verrückt machten. Dazu hatte sie kaum Make-up aufgelegt. Dieser natürliche Look hatte mich schon immer aus der Fassung gebracht. Perfekter ging es gar nicht.

»Ich glaube, wir fangen schon mal ohne meinen Bruder an!«, rief Paul irgendwo hinter mir. Ich nahm seine Stimme nur als Flüstern wahr. Überhaupt traten alle Geräusche in den Hintergrund, als ich vor meiner Traumfrau stoppte. Sie schluckte und sah mich mit großen Augen an.

Ich nahm die Samtschachtel aus der Tasche, ging vor ihr in die Knie – kein Scheiß, ich machte den Kitsch wirklich – und grinste. Lily sagte noch immer kein Wort und auch Sarah schwieg gebannt. Ich atmete tief durch und öffnete den Deckel. Lily schnappte nach Luft.

Hier war der Augenblick, in dem man seine unsterbliche Liebe offenbarte und all den Kram. Und ernsthaft: Meine Rede lag vergessen auf dem Küchentisch. Jetzt, da ich vor ihr kniete, vor meinem Mädchen … da fiel mir nur ein einziger Satz ein, der wichtiger als jeder Liebesschwur war. Und den konnte auch nur meine Lilymaus wirklich verstehen.

»Werde meine Pepper«, bat ich sie heiser.

Ihr Mund klappte auf und wieder zu. Sie sah mich nur an, unfähig, ein Wort über die Lippen zu bekommen.

Scheiße, warum sagte sie denn nichts?

»Lily? Willst du mich heiraten?«, wiederholte ich mit rasendem Herzen.

»Ja«, hauchte sie und sprang auf. Um ein Haar wäre ich hintenübergekippt, als sie sich in meine Arme warf. »Ja, ja, ja! Ich will deine Pepper werden!«

»Gott sei Dank!«

Ich kam ihren Lippen entgegen, während hinter uns tosender Jubel ausbrach. Stürmisch küsste sie mich und machte mich zum glücklichsten Mann der Welt.

Ende

DANKSAGUNG

Vielen Dank, dass du »Ein Kuss ist eben kein Kuss« gelesen hast, wir hoffen sehr, die Geschichte hat dir gefallen. Über eine Bewertung auf Amazon - ob kurz oder lang - würden wir uns freuen. Für uns Autoren ist eine Rezension nicht nur der Spiegel der Meinung unserer Leser, sondern auch ein Ansporn für neue Projekte.

Bedanken möchten wir uns auch bei unserer Lektorin Marie Weißdorn und bei unserer Korrektorin Klaudia Szabo für die gute Zusammenarbeit.

Sabrina Dahlenburg hat das traumhafte Cover gezaubert und verdient ebenfalls ein dickes Dankeschön!

Last but not least möchten wir uns bei den treuen Testlesern bedanken, die mit unseren Protagonisten gelacht, geliebt und mitgefiebert haben, bevor die Geschichte das Licht der großen, weiten Buchwelt entdecken durfte.

DEMNÄCHST VON EMMA SMITH

Ich werde erpresst! Und das ausgerechnet von dem Typen, der mit jedem Kerl vom Campus schon mal Blutsbrüderschaft getrunken und jede Tussi – die bei drei nicht ihren Verstand benutzt – nackt gesehen hat. Ich habe gedacht, dass er mein Geheimnis bewahrt. Jetzt steht nur noch ein heißer Rugbyspieler zwischen mir und der absoluten Vernichtung meines Rufes. Ich hasse dich, Zach!

Ich habe sie in der Hand! Besser kann es nicht laufen. Während ich mein College-Dasein in vollen Zügen genieße, hält Ivy mir meine Verflossenen vom Hals. Jedes Alibi habe ich ihr zu verdanken und jede Beleidigung ihrerseits absolut verdient. Dass sich dabei aber immer öfter mein Gewissen meldet, ist total dämlich, oder? Immerhin ist es ja nicht so, also würde ich plötzlich Gefühle für ein Mädchen entwickeln, das ich nebenbei erpresse.

Problem erkannt?

Folgt Emma auf Facebook und Instagram:

DEMNÄCHST VON LUCIA VAUGHAN

Louisa König hat genug von arroganten Schnöseln. Insbesondere nach dem Flug von Boston nach München. Topfotograf hin oder her – Nicholas Silver ist ein Idiot! Dann taucht der Kerl plötzlich auf der Hochzeit ihrer besten Freundin auf. Kein Problem für Louisa, sie zeigt ihm einfach die kalte Schulter. Als sie jedoch in Schwierigkeiten gerät und Nic sich als einfühlsamer Held entpuppt, beginnt ihre coole Fassade zu bröckeln ...

Nicholas Silver hat nur ein Ziel: seine Karriere. Allerdings schließt das einen Flirt mit einer heißen Stewardess nicht aus. Louisas schlagfertige Art verspricht viel Spaß. Denkt er jedenfalls. Letztendlich stellt sie seine Gefühlswelt auf den Kopf und zwingt ihn, die härteste Entscheidung seit langem zu treffen ...

Wenn das Schicksal die Karten neu mischt … lässt du dich darauf ein?

Folgt Lucia auf Facebook und Instagram:

40908661R00134

Printed in Poland
by Amazon Fulfillment
Poland Sp. z o.o., Wrocław